물의 시간

물의 시간 1 (큰글씨책)

초판 1쇄 발행 2018년 6월 18일

지은이 정영선
펴낸이 강수걸
편집장 권경옥
펴낸곳 산지니
등록 2005년 2월 7일 제 333-3370000251002005000001호
주소 부산광역시 해운대구 수영강변대로 140 BCC 613호
전화 051-504-7070 | 팩스 051-507-7543
홈페이지 www.sanzinibook.com
전자우편 sanzini@sanzinibook.com
블로그 http://sanzinibook.tistory.com

ISBN 978-89-6545-527-1 04810
      978-89-6545-526-4 (세트)

* 책값은 뒤표지에 있습니다.
* 이 도서의 국립중앙도서관 출판예정도서목록(CIP)은 서지정보유통지원시스템
홈페이지(http://seoji.nl.go.kr)와 국가자료공동목록시스템(http://www.nl.go.kr/
kolisnet)에서 이용하실 수 있습니다.(CIP제어번호: CIP2018018023)

큰글씨책

정영선 장편소설

물의 시간 ①

산지니

차례

왕후의 장례식이 끝났다. 죽은 지 2년 1개월 만이다. 중년의 왕은 너무 늦어 미안하다는 듯이 아주 화려하게 장례를 치렀다. 귀신이 제일 무서웠던지 행렬 앞에 눈이 네 개 달린 방상시를 몇 개나 세우고도 관을 두 개나 만들어 귀신을 헷갈리게 했다. 두 편으로 나누어 두 개의 관을 습격하면 간단하게 끝날 일을, 귀신들도 그 생각은 하지 않았는지 어쨌든 장례는 무사히 마쳤다.

아무튼 왕은 늘 왕위를 위협하던 청과 아버지 대원군, 일본에게 차례로 판정승을 거두었다. 왕후를 잃은 백성들의 슬픔이 가장 큰 힘이었다. 그는 이제 왕이 아니라 꿈에도 그리던 황제가 되었으며 왜인의 칼에 무참히 죽은 아내에게도 명성황후라는 시호를 내렸다. 모든 것을 잃고 얻은 영광이었지만 뒷말은 무성했다. 매관매직에 능했다, 친당(親黨)을 만들어 권력을 좌지우지했다, 왕의 총명함을 가렸다 등등. 시비를 가릴 수 없는 말들이었지만 말이 말을 낳아 돌에 새겨질 정도였다. 물론 세상만사가 다 그렇듯이 시간이 지남에 따라 잊혀지는 이야기도 있었다. 물시계가 남긴 소금과 한 젊은이가 아버지를 위해 만들고 있던 기계 시계도 그중 하나이다.

물시계가 죽던 날

1

수수호(受水壺)에 꽂혀 있던 잣대가 한 눈금 더 떠올랐다. 아차, 5경 3점, 파루(罷漏)다. 분명 눈을 뜨고 있었는데 이번에도 파루가 되는 그 순간만은 보지 못했다. 졸아도 졸지 않아도 마찬가지였다. 늘 파루 전이거나 파루 후였다. 사실 이렇게 이야기를 늘어놓을 시간도 없다. 아래위로 놓여 있는 파수호(播水壺)의 출수구(出水口)를 막고 잣대를 빼내고…….

전루군(傳漏軍)은 청동 바가지로 수수호에 담겨 있던 물을 떠 누실의 동쪽 문을 열었다. 수수호 모양의 검은 옹기가 나란히 나무틀에 놓여 있다. 두 줄이다. 초하루에서 보름까지 하나, 열엿새에서 그믐까지 하나……. 오늘은 열이레, 그 자리의 옹기에 물을 채웠다. 을미년 팔월이었다.

옹기를 채우고 남은 물은 그 옆의 자리 위에 끼얹었다. 그 순간, 금방 끼얹은 물이 스며들기라도 한 것처럼 오징어 먹물처럼 진했던 어둠이 조금 엷어졌다.

수십 년간 해온 일이었고, 어제 같이 밥을 먹던 사람이 오늘 죽었다 해도 별로 놀라지 않는 전루군이지만 이 순간만은 늘 외롭고 가슴이 떨렸다. 그 자신만이 홀로 어둠과 빛, 죽음과 삶, 세상의 비밀을 지켜보고 있다는 고독감이 가슴 밑바닥에서부터 빠르게 차올랐다.

물을 다 버린 전루군은 오히려 가득 찬 물을 든 사람처럼 조심스럽게 일어났다. 누각 앞 낮게 깔린 달처럼 희뿌윰하게 북이 보였다. 이제 그 북을 서른세 번 치면 짧은지 긴지 구별할 수 없는, 짧은 것 같기도 하고 긴 것 같기도 한 하루를 끝낼 수 있었다. 아니, 시작할 수 있었다.

우 우 웅, 물 알갱이들이 바람을 타고 북에 부딪치는 소리가 들렸다. 보폭이 소리 없이 커졌다. 그는 보는 사람이 없는데도 모든 사람이 보고 있는 것처럼 어깨와 허리를 쫙 펴고 누각으로 올라가 북채를 잡았다. 느리지도 빠르지도 않게 천천히 북을 쳤다. 둥 둥 둥. 북 안에 갇혀 있던 빛들이 그 소리를 타고 어둠 속으로 번져 나왔다. 세상의 적막이 북소리에 길을 내주고 북소리를 따라 빛이 스며들 시간이었다.

궁궐 안은 오늘 새벽 누각에서 울린 파루의 북소리에 대해 말이 많았다. 그때 마침 소변을 보러 나왔던 궁녀들은 하늘에 뜬 별을 보고 파루 시각이 맞다 했고 막 교대를 하고 숙소에서 자명종을 본 훈련대 장교들은 그 시간이 틀렸다고 했다. 서양 자명종이 들어온 이후로 몇 번 있었던 소란이었다. 해당 관청인 관상감은 익숙한 일이라는 듯 누각의 전루군이 잣대에 맞추어 알려준 시간이라 틀림없다고 했다. 물론 이미 관상감이 전루군을 불러 확인한 일이라는 말도 잊지 않았다.

전루군은 두 칸 남짓한 작은 방에서 금방 감은 머리를 빗고 있었다. 흰머리가 반이 넘게 섞인 긴 머리카락이 바닥까지 늘어졌다. 이가 빠진 낡은 참빗이 정수리에서 바닥으로 천천히 움직였다. 사옹원에서 이른 아침을 먹고 잠시 눈을 붙이다 벌떡 일어나 감은 머리였다. 하늘이 두 쪽이 나도 새벽에 친 파루 시각은 틀림이 없다고 관상감 첨정에게 알렸지만, 새벽에 파루의 순간을 확인하겠다고 투정을 부린 게 아무래도 부정을 탄 것 같았다. 물처럼 흐르는 시간의 한 순간을 어리석은 사람의 눈으로 확인하겠다는 것부터가 동티가 날 징조였다. 물론 처음 있는 일은 아니었다. 여자들 달거리하듯 잊을 만하면 생기는 일이기는 했지만 이번에는 조금 다른 느낌이었다. 왜국 영사관 직원이 인천으로 떠나기 위해 파루 시각을 기다렸는데 한참이 지나서야 북이 울렸다고 불평을 털어놓았다고 했다. 그런데 더 놀라운 일은, 그 말을 하기 위해 관상감 첨정이 사옹원까지 찾아온 것이었다. 아니, 그 일로 이렇게 오셨소이까? 장국밥을 뜨다 말고 전루군이 물었다. 첨정은 자신이 생각해도 어이없다는 듯 수염을 쓰다듬으며 법부에서 사람을 보낸 터라 어쩔 수 없다고 했다.

솥뚜껑만 한 두꺼운 손으로 참빗을 잡고 천천히 머리를 빗던 전루군의 손길이 자꾸 늦어졌다. 그만한 일로 법부에서 사람을 보내다니, 아무래도 이상하다는 생각이 들었다. 그렇다 해도 법부대신이 체포 명령을 내렸을 것이라고는 꿈에도 생각 못한 일이었다. 의금사의 군사 서너 명이 누각으로 들어설 때도 마찬가지였다.

"무슨 일이시오?"

전루군은 목만 돌린 상태로 익숙한 솜씨로 머리를 틀어올리며 물었다. 금방이라도 달려들어 전루군의 양팔을 비틀 기세였던 군인들이 주춤거렸다. 시커먼 얼굴에 광대뼈가 툭 튀어나오고 눈이 쭉 찢어진 것이, 뜻밖의 모습이었다. 그렇다고 의금사 군인이 두려워할 상대는 결코 아니었다.

"누구를 찾으시오?"

전루군이 조금 더 크게 물었다. 바로 그 목소리가 문제였다. 이제 갓 관례를 올린 청년의 목소리였다. 꼭 다른 사람이 대신 말을 한 것 같기도 했다. 얼굴과 목소리 중 어느 것이 진짜인지 헷갈린 듯, 고참 군인의 목소리가 조금 불안정했다.

"의금사에서 나왔다. 전루군을 체포하라는 대신의 명령이시다! 니놈이 분명하렷다."

전루군은 그 말을 일어나라는 말로 알아들었다는 듯이 부

스스 일어났다. 그는 문 옆에 있는 횃대에 미리 걸어둔 새 저고리를 걸어 입으면서 퉁명스럽게 물었다.

"그렇소만, 무슨 일로 그러시오?"

"가보면 안다."

고참 군인은 그쯤에서 자신의 본분을 회복한 듯 목소리에 힘이 들어갔다. 어깨에 메고 있던 총을 곧 내릴 듯한 모습이었다.

"체포될 정도로 한가했으면 좋겠소. 저 해를 보시오. 곧 정오인데, 건청궁에 물을 길러 가야 하오."

고참 군인은 주위를 돌아보았다. 진짜 전루군 외 아무도 보이지 않았다.

"그렇잖아도 조금 쉬고 싶었는데 잘됐소이다. 대신 해주겠소?"

전루군이 시커먼 얼굴 속에 박힌 누런 눈을 찡그리며 되물었다.

"사람이 그렇게 없단 말이냐?"

고참 군인이 수작 부리지 말라는 듯이 쏘아붙였다.

"한 명 더 있소만 숙부상을 당해……."

군인들이 곤란하다는 표정으로 동료를 바라보았다. 누각에 사람이 모자란다는 말을 오래 전에 들은 것 같기도 했다. 병사들이 머뭇거리고 있을 때 전루군은 마당으로 내려가서 물통을 들고 밖으로 나갔다.

병사들은 되돌아가 그 말을 의금사의 늙은 주사에게 했다.

늙은 주사는 미결수와 기결수의 성명, 죄명, 형명, 징역일자 등을 정리하는 일을 했다. 죄수가 늘면 자연히 일도 늘어나기 때문에 한 명이라도 죄수가 붙들려 오지 않는 게, 어젯밤에 세 책가에서 빌려온 「장풍운전」을 읽던 그로서는 반가운 일이었다. 그깟 천날만날 치는 파루의 시각이 뭐가 그리 중요하다고, 그는 콧구멍 밖으로 삐져나온 털을 뽑으며 의금사를 나섰다.

법부의 형사국과 검서국의 겸임 국장인 추(秋)는 한성 재판소에서 올라온 질의서를 읽고 있다가 주사의 보고를 받았다. 책상 위엔 개혁 법령들이 산더미처럼 쌓여 있었다. 그는 붓을 잡고 있던 오른쪽 중지 손가락에 묻은 먹물을 문지르면서 날카롭게 물었다.

"전루군이 법부의 체포를 거부한다는 말이냐?"

"그러하옵니다."

종7품 주사의 말이었다. 오랫동안 경아전에서 뼈대가 굵은 놈이었다. 틈만 나면 이야기책에 코를 박고 사는 늙은이였다. 그는 파루 시각이 맞고 틀리고는 둘째 치고 그걸 따지고 드는 일이 귀찮았을 것이었다. 여염집 촌부도 아니고 법부 관리조차 이 지경이라니……. 추(秋)는 화가 났다. 눈초리가 귀 뒤로 쭈욱 찢어졌다. 머리에 쓴 구두 모양의 관모가 흔들리는 것 같았다. 머리통이 작은 데다 숱까지 없어 제일 작은 관모도 컸다.

"뭐 어째, 누각을 지켜야 한다고! 멍청한 놈! 북이고 종이고 안 치면 되지, 그게 무슨 큰 문제라고. 요즘 북으로 시간을 알리는 나라가 어딨냐. 지금 당장 그놈을 끌고 와라."

의금사 주사가 허둥지둥 협오당의 출입문을 나설 때 그 앞에서 잔뜩 어깨를 웅크리고 있던 별감 한 명이 몰래 영추문을 빠져나가고 있었다.

국장은 왼손을 들어 관모를 눌렀다.

"원, 아직도 전루군 한 명 제대로 잡아들이지 못해서야."

한심하다는 듯이 혼자 중얼거린 뒤 휴, 한숨을 내쉬었다. 할 일이 산더미처럼 쌓여 있었다. 나라를 세우는 게 낫지 이건 끝도 없었다. 열흘 넘게 밤늦도록 일을 한 탓인지 눈이 뻑뻑했다. 작년 양반과 백성의 신분 차별을 철폐한 이후로 양반은 양반대로 백성은 백성대로 불만이 많았다. 법부대신은 새로운 신분 제도에 맞는 형법 초안을 올해 안으로 마무리하라고 성화였다.

2

전루군의 나라는 백만분의 일 지도에서는 아주 작은 글씨로도 이름을 다 쓰지 못할 정도로 땅이 좁았다. 그렇게 작은 나라의 대부분이 그렇듯 그 나라 역시 이웃나라와 특별히 관심이 있는 몇 사람을 제외하고는 일려진 것이 별로 없었다. 그들도 마찬가지였다. 인접하고 있는 중국과 왜 이외의 다른 나라에 대한 관심은 없었다. 그럴 필요도 이유도 없었던 것이다. 목마른 사람이 샘을 판다는 이 나라의 속담처럼 교류가 필요했던 사람들이 접근하게 마련이었다.

전루군이 체포된 것은 그렇게 중국과 왜가 아닌 다른 사람들, 서양인이 이 나라에 접근한 지 이십 년이 조금 넘은 때였다. 그전에도 졸거나 시간을 잘못 알린 죄로 전루군이 체포되는 일이 드물지 않게 있었지만 문제가 된 적은 없었다. 그러나 이번에는 달랐다. 담당 전루군이 자신이 친 파루의 시각이 맞다고 우기기 때문이었다.

그 소식은 곳곳에 퍼져 있던 정보 제공자들에 의해 삽시간에 궁 안팎으로 번져 나갔지만 관상감 이속(吏屬)의 체포 따위에 이의를 제기하는 사람은 없었다. 그저 시각에 대해 조금 관심을 가지는 몇 사람이 고개를 갸웃할 정도였다. 예를 들면 불면에 시달리던 왕후와 그 전루군을 체포했던 검사국의 추(秋), 조금 뒤 나오겠지만 전루군이 소속한 관상감의 영사(領事)였던 민 대감 정도였다. 물론 그 외에도 더 있을 수 있을 것이다. 전루군을 법부에 처음으로 고발한 왜(倭) 고문관도 있고 법부와 왜국 영사관을 왕래하는 훈련대의 대대장, 아버지를 위해 기계 시계를 만들고 있던 전루군의 아들 명선……

　조금 망설여지긴 하지만 영국에서 온 지리학자를 포함시켜야 할 것 같다. 북대서양을 건너 미국으로, 태평양을 거쳐 일본의 나가사키를 통해 부산항과 인천을 거쳐 한성으로 돌아온 여자였다. 그 여자는 조선에 들어온 외국인 중 가장 낯설었다. 육십이 넘은 고령, 그것도 여자가 어떻게 그 많은 나라를 거쳐 이곳에 올 수 있단 말인지, 여우가 둔갑을 했다면 모를까, 조선 사람들은 꿈에도 생각해 본 적이 없던 일이었다.

　지리학자는 영국을 떠나기 전에 조선에 갔다 온 선교사로부터 그 나라 사람들이 가장 많이 사용하는 말이 밥 먹었냐는 말이라고 들었다. 진짜였다. 아침 점심 저녁, 언제 만나도 사람들은 밥 먹었냐고 인사를 한다고 했다. 그런데 그 말보다 더 많이 듣는 말이 있었다. 왜 이 나라에 왔냐는 것이었다. 조선 사람뿐 아니었다. 그 말은 영국에서도 수도 없이 들었다.

　1895년, 다시 여행길에 오르기로 하자 많은 사람들이 만류를 했다. 관절염과 고혈압 때문이었다. 그녀는 단호하게 꼭 가야 할 나라가 있다고 했다. 그들은 한결같이 그 나라가 어디 있는지 물었다. 지리학자는 너무 작은 나라라서 알 수 없을 거라고 운을 뗀 뒤, 조선이라고 했다. 그리고 미리 준비해둔 지도를 펼치며 중국 아래 있다고 했다. 그렇게 해도 조선을 찾아내는 사람은 거의 없었다. 대부분이 베트남이나 태국을 찾고 있었다. 어쩔 수 없이 중국의 동쪽에 있는 그 나라를 짚었을 때 사람들의 반응은 한결같았다. 중국 땅인 줄 알았다는 것이다. 교양 있는 그녀의 친구들은 엄연한 독립국을 몰라본 데 대해 무척 미안해했다. 그녀는 그 나라 사람도 일본과 중국 외에 알고 있는 나라가 없다며 친구들을 위로했다. 그리고 이왕 말이 나온 김에 그 나라에 대해 조금 설명을 하기로 했다.

이십 년 전까지 그 나라에 정식 입국한 서양인은 한 명도 없었다. 간혹 배가 뒤집혀 표류한 사람은 있었는데 그 나라 사람들은 그들을 짐승 취급했다. 걸어 다니는 물고기라도 잡은 것처럼 그들을 격리시키고, 손으로 밥을 먹고 누워서 잠을 자는 모습을 신기하게 지켜보았다. 그들이 들고 있는 총에도 시계에도 아무 관심이 없었다. 그 총이 아무리 멀리 나가고 시계가 아무리 정확하다 해도 그것은 짐승의 것이었다. 당연한 말이겠지만 그 나라 사람들에겐 그 나라 것만이 정상이고 외국의 모든 것은 비정상이었다.

지리학자의 말이 다 끝나기도 전에 누군가 물었다. 왜 그곳까지 가냐고, 그런 나라는 가까운 아프리카에도 많다고 했다 며칠 전 파티에서 한 시간 넘게 거울 속과 토끼굴에 들어간 앨리스 이야기를 하던 독서광 친구였다. 책만 잘 뒤적거리는 것이 아니라 마음속도 잘 뒤적거려 가끔씩 당황하게 만들었다. 지리학자는 물론 그놈의 토끼굴 때문이라고 하지 않았다. 어떻게 소설가가 지어낸 공간이 지구상에 진짜 있기라도 한 것처럼 사람들에게 이야기될 수 있는지 지리학자로서 듣기에 편하지 않았다. 이야기를 할 수 있으려면 진짜 토끼굴에 들어가

보아야 할 것이 아닌가. 단연코 말하건대 사람이 들어가는 거울이나 토끼굴 따위는 이 세상에 없을 것이었다. 그러나 그녀는 입을 꾹 다물고 아무 말도 하지 않았다. 그 말을 했다가는 허구 세계에 대한 설명을 한 시간 넘게 들어야 할 것이었다. 신대륙을 발견한 듯이 떠드는 그 꼴을 다시는 보고 싶지 않았다.

"그 나라에선 아직도 물시계를 쓴다네. 하루에 한 번, 정오가 되면 물통에 물을 붓지. 그 물은 해가 뜰 무렵까지 대롱을 타고 아래 물통으로 빠져나간다네."

독서광은 시시하다는 얼굴로 말을 끊었다.

"그것은 서양에서도 중세까지 사용했고, 중국에서도 지역에 따라 아직 사용하고 있지 않습니까."

역시 모르는 것이 없는 친구였다. 그녀는 중국 친구에게서 들은 그 나라 왕실의 비밀을 털어놓을 수밖에 없었다.

"그런데 그 나라에선 그 물을 햇볕에 말린다네. 깨끗이 증발되는 적도 있지만 한 번씩 결정이 생길 때도 있다더군. 그걸 그 나라의 왕후에게 준다는 거야."

"아니, 그건 왜 그렇지요?"

독서광은 그제야 눈을 동그랗게 뜨고 호기심을 보였다.

"결정이 생긴다는 건 뭔가 되돌아보아야 할 일이 생긴다는 걸 의미하고 그건 왕후들의 몫이라고……."

"왕후들의 몫이라고요……. 그건 또 왜 그렇지요?"

독서광이 턱을 앞으로 내밀고 말했다.

"글쎄, 나도 잘 모르지만……. 그 결정을 역사와 똑같이 보는 건 아닐까. 역사는 전부 중국의 문자인 한문으로 되어 있고 여자들은 그 글을 배우지 않으니."

"그것 참 재밌군요."

그녀는 겨우 그 독서광을 이해시킬 수 있었다.

영국을 떠난 지 거의 석 달 만에 조선에 닿은 지리학자는 남한강 상류를 따라 내려갈 계획을 세웠는데 통역자를 구하지 못해 애를 먹고 있었다. 몇 사람을 만나보았지만 모두 부적당했다. 그들은 육로 여행을 주장했거나 배에 싣기에는 너무 많은 짐을 들고 온 것이었다. 영어도 웬만히 되고 부모님의 허락도 받은 한 젊은이는 짐 때문에 도저히 고용을 할 수가 없었다. 자신은 깔끔해서 바지저고리와 두루마기를 세 벌 이상은 꼭 가져가야 한다고 했다. 그 풍성한 옷을 세 벌씩이나! 두 벌은 어떻겠냐고 말하려고 했는데 그는 더러운 것은 싫어한다며 새끼손가락으로 코를 후벼 파고 있었다. 그녀는 당장 그를 돌려보냈는데 짐보다는 깔끔한 것을 좋아한다면서 거리낌 없이 콧구멍을 파던 행동 때문이었다.

낙담한 그녀에게 공사관 직원은 적임자가 나타났다며 훈련대에서 근무한다는 젊은 청년 한 명을 데리고 왔다. 이름이 명선이라고 했다.

명선은 아주 점잖고 잘생긴 사람이었다. 코가 오뚝하고 눈이 맑았다. 목소리도 낮게 우는 새처럼 부드러웠다. 명선을 데리고 온 직원은 그가 꼭 한 가지 결점을 가지고 있다고 했다. 그 정도 결점은 누구나 가지고 있다고 생각했으므로 지리학자는 대수롭지 않게 그것이 무엇인지 물었다. 공사관 직원은 명선이 영어는 잘하는데 한 번씩 시제를 구분하지 못한다고 했다. 공사관의 정식 직원이 되지 못하고 훈련대에 들어간 것도 그 때문이라고 했다. 늙은 지리학자는 너무나 예상하지 못한 대답에 잠시 멍하게 있었다. 직원은 지리학자의 충격을 이해한다는 듯 설명을 보충했다.

"가끔씩 과거 현재 미래 시제를 구분하지 못한다는군요."

그녀는 이미 일본을 방문하여 아이누족이 사는 곳도 가보았고 뉴질랜드에 가서 불을 뿜는 화산을 본 적도 있었다. 여행이 지리학자의 삶이 된 지 여러 수십 년이고 수십 가지 어려움이 있었지만, 이런 경우는 처음이었다. 늙은 지리학자는 어떻게 대처할지를 몰라 우두커니 서 있다가 물었다.

"가끔 가다 언제 말이죠?"

공사관 직원은 언제인지 꼬집어 말하기 어렵다고 하면서 그 자리에서 확답을 요구했다.

시제가 한 번씩 헷갈린다고 했지만 명선 이외에 다른 사람을 구하기도 어려웠고 공사관 직원의 배려를 거절하는 것도 미안한 일이었다. 무엇보다도 직원은 그 문제만 제외하면 명선이 여러 가지 면에서 적임자라고 몇 번이나 강조를 했다.

　명선은 그렇게 해서 한성 아래의 강을 탐사하는 지리학자의 짐꾼 겸 통역관이 되었다. 물론 그중 아무도 명선이 훈련대에 들어가기 전에 톱니바퀴로 가는 기계 시계를 만들고 있었다는 것은 알지 못했다.

　지리학자는 마포에 가서 나룻배 하나를 빌려놓고 온 명선과 여행 준비를 하고 있었다. 이것저것 챙겨야 할 게 한두 가지가 아니었다. 그렇게 부산하게 움직이고 있을 때 공사관의 직원이 다시 나타났다. 왕후께서 점심 후에 보자는 연락이 왔다는 것이었다. 빨리 서두르라고 재촉까지 했다. 찡하고 머리 안이 울렸다. 영국 공사를 통해 왕 부부를 알현하겠다는 글을 올린 적은 있지만 그것은 어느 나라에서나 있는 의례적인 일이었다. 실제로 그녀를 초대하는 사람은 지방의 장(長)이었다. 그런데 왕후께서 직접 부르시다니……. 궁 안의 왕후보다 더 흥미로운 건 이 세상에 없었다. 지리학자는 잠깐 여행 준비를 멈추고 궁에 들어갈 준비를 했다. 그녀는 급하게 옷을 갈아입고 왕후께 드릴 선물을 챙겼다. 작은 지구본이었다.
　잠시 후 왕후께서는 고맙게도 궁에 타고 갈 가마라고 불리는 작은 집을 보내주셨다. 고개를 숙이고 허리를 잔뜩 구부려야 탈 수 있을 높이였다. 창문이 없어 한성 거리를 볼 수 없음은 물론, 어디로 가고 있는지조차 알 수 없을 것 같았다. 밖에서 문을 걸어 잠근다면 위험할 수도 있었다. 지리학자는 저 가마에 들어갈 사람은 조선 옷을 입은 조선 여자여야 한다고 생각했다. 조선 옷을 입지 않고 조선말을 하지 않는 이상 꼭 저 답답하고 불편하게 생긴 가마를 탈 이유가 없다는 생각이 들었다. 조선에 온 지 며칠 지나지 않았지만 한성에서 본 조선 여자의 삶은 오로지 순종과 의무만 강요된 불행한 것이었다. 조선 여자가 되고 싶은 마음은 전혀 없었다. 그녀는 말을 타겠다고 했다.

그녀의 말에 직원은 곤란한 얼굴을 했다. 로마에 가면 로마의 법을 따르는 것이 외교의 첫째 덕목이라고 말하고 싶은 눈치였다. 그러나 그녀는 외교관이 아닌 데다가 공사관 직원이 가마를 강요할 만한 만만한 위치도 아니었다. 그녀는 아무나 쉽게 들어가지 못하는 왕립지리학회 회원이었던 것이다. 잠시 후 지리학자는 직원이 궁내부에 다시 가마를 돌려보내는 것을 보고 있었다. 궁궐이 얼마나 먼지, 빤히 보이는데도 가마 대신 교자를 타고 오라는 연락이 온 건 두 시간이 지난 후였다.

교자꾼은 푸른 유니폼을 입었다. 소매 밖으로 나온 거무튀튀한 손등이 쭈글쭈글했다. 오랫동안 그 일을 한 듯, 제법 무거울 텐데도 교자를 잡은 손이 빗자루를 잡은 것처럼 가벼워 보였다. 발걸음도 앞서가고 있는 행인과 다름없이 빨랐다. 두 교자꾼은 끊임없이 이야기를 주고받았다. 앞사람과 뒷사람의 목소리가 너무 달라 더 정신이 없었다. 다행히 앞에 조랑말을 타고 가던 관리가 꽥 고함을 지르자 조금 잠잠해졌지만 잠시 뒤에 똑같이 떠들어댔다. 그 바람에 왕후를 만난다는 긴장감이 오간 데 없이 사라졌다.

첫눈에 봐도 대궐임을 알아볼 수 있는 웅장한 건물이 가까워지자 교자꾼은 조용해졌다. 조랑말을 타고 가던 관리가 궁궐이라고 서투른 영어로 말했다.

세 개의 아치형으로 된 장중한 문 앞이었다. 교자에서 내리자마자 구두 모양의 모자를 쓴(잠자리 날개 같은 게 달려 있었다) 관리임이 분명한 사람이 궁내부의 통역관이라고 자신을 소개했다. 알아들을 수 없는 영어는 아니었다. 미리 기다리고 있었다는 듯, 군인 두 명이 뒤에 서서 호위를 했다.

높은 돌계단 위의 2층 건물 앞에 흩어져 있던 보초병들이 통역관을 보자마자 자기 자리로 돌아가 차렷 자세를 했다. 보초병뿐 아니라 (잠자리 날개 같은 것이 없는) 구두 모양의 모자를 쓴 사람들도 길을 비키고 고개를 숙였다. 그들은 고개를 숙인 채 아주 능숙하게 곁눈질을 했다. 얼마나 집요한지 지렁이 같은 게 몸에 달라붙은 듯했다. 머리뿐 아니라 행동거지도 똑같아 그 사람이 그 사람 같았다. 건물도 똑같았다. 크기도 모양도 색깔도 심지어는 문고리의 위치도 같았다. 그래서인지 몇백 미터 걸어온 것 같은데 제자리인 것 같았다. 흰 블라우스와 푸른색 치마 정장을 입고 챙이 있는 모자를 쓴 자신의 모습과 어울리는 것은 하나도 없었다.

왕이 거주하는 곳이라면 가장 큰 건물일 것 같은데 아무리

봐도 문 입구에 있던 장중한 건물은 보이지 않았다. 그 건물 옆에 있던 네모난 호수보다 작은 둥근 연못이 나타났고 그 뒤로 새로 지은 외국식 건물과 조선식 건축물이 나란히 보였다. 어느 건물보다 많은 궁녀와 군인들이 보였다. 통역관이 숨을 가다듬고 있었다.

'왕후가 거처하는 곳이구나.'

지리학자는 입 안에 가득 고인 침을 삼켰다.

3

법부 국장이 전루군을 잡아들이라고 호통 치는 것을 보고 몰래 영추문을 빠져나간 별감을 기억할 것이다. 그가 멈춘 곳은 안국동의 낡은 기와집, 작년까지만 해도 영상 자리에 있었던 민 대감의 집이었다. 몇 번 심부름을 온 적도 있어 낯선 곳은 아니었는데도 대문 앞에서 쭈뼛거렸다. 이상하게 낡고 쓸쓸해 보였다. 몇 년씩이나 영의정을 지낸 사람이 개화 바람에 물러난 때문일 것이라고 생각했다. 그러고 보면 조금 모자란다고 소문난 별감은 멀쩡한 편이었다. 보통 사람보다 목 하나가 없는 작은 키에 마르기까지 해서 못 가는 곳도 안 가는 곳도 없는 위인이었다. 죽은 부인의 친정 쪽 먼 친척이라는 말을 들은 적이 있어 몇 번 심부름을 시킨 후로 영감의 주위를 뱅뱅

돌며 이것저것 듣고 본 것을 물어 나르는 친구였다. 훈련대나 새로 생긴 경시청으로 자리를 옮겨달라는 청도 잊지 않았다. 양반과 백성의 구별이 없어지고 과거제도가 없어진 갑오년 이후로 사대육신 멀쩡한 조선 사람, 특히 궁궐 안에서 어슬렁거리는 치들이면 누구나 하는 일이라서 특별할 것은 없었다.

별감은 반쯤 열린 바깥 대문을 열고 들어가려다 눈을 찡그렸다. 영감을 무어라 불러야 할지 생각이 나지 않았다. 영의정 벼슬자리는 없어졌고 요즘은 내각의 총리대신 시절이라고 했다. 그런데 영상 영감에게도 뭔가 새 벼슬을 내렸다고 했는데 그게 무언지 도대체 생각이 나지 않았다. 그놈의 개혁 탓에 관직 이름이 몇 번씩 바뀌니 정신을 차릴 수 없었다.

“자고 나면 바뀌니, 원…….”

그는 문 안으로 들어가면서 투덜거렸다. 그래도 영상 영감이라 하는 것이 무난할 것이라고 생각한 뒤 바깥담 끝의 안대문을 두들겼다. 곧 문이 열리고 몇 번 본 적이 있는 하인 옥석이 얼굴을 내밀었다.

안대문을 지나자 안채와 사랑채가 마주보고 있는 마당이었다. 기둥 밑에 큼지막한 돌 기단을 깔아 다른 집보다 훨씬 높아 보이는 집이었다. 영감의 소실이 담뱃대를 손에 들고 옥석을 따라오는 별감을 내려다보고 있었다.

“웬 놈이냐?”

탕탕, 담뱃대로 장단을 맞추며 내는 쇳소리였다. 못생기고 거칠기로 소문난 소실이었다. 잘못했다가는 영감을 만나지도 못하고 쫓겨난다는 걸 별감은 알고 있었다.

"영상 영감께 긴히 드릴 말씀이……."

별감은 누가 들을까 두렵다는 듯이 목소리를 잔뜩 낮추었다. 소실은 대답 대신 담배 부리를 물었다.

"더 자세하게 아뢰시게."

옥석이 은근한 목소리로 나무랐다.

"법부 국장이 전루군을 체포하여 누각이 비었다고 하옵니다."

"누각이……. 저런 변이 있나?"

옥석의 맞장구를 듣고서야 소실은 마지못한 듯 영감에게 알리라는 손짓을 했다.

전루군이 붙들려 갔다는 말을 듣자, 영감은 나이가 믿기지 않을 정도로 빠르게 입궐 채비를 했다. 얼마 전부터 각통이 있어 바깥출입을 못한다는 말은 죄다 거짓말인 듯했다. 사랑의 횃대에 걸려 있던 관복과 책장 위에 놓여 있던 관모를 찾아 쓰는 데 시간이 조금 걸렸다. 매일 입궐할 때는 눈을 감고도 입을 수 있었는데 일 년 만에 입으려 하니 관대를 매는 일조차 서툴렀다. 성질만은 그대로여서 버선을 갈아 신다 말고 사랑문을 열고 아랫것들을 재촉했다.

영감의 집에서 육조거리는 반점도 걸리지 않았다. 급할 것도 없었다. 시각을 다투어 가야 할 일도 아니었다. 그런데도 영감은 습관적으로 북촌 골목을 벗어나자마자 고함을 질렀다.

"뭘 이리 꾸물거리냐. 냉큼 가지 못하고."

영감의 호통에 교군들의 걸음이 빨라졌다.

광화문을 돌아 나오자 몇 걸음 앞에 법부의 국장이 가고 있었다. 하도 빠르고 힘찬 걸음이라 도저히 따라잡을 수가 없었다. 어쩔 수 없었다. 영상은 입에 올리기도 싫은 국장의 이름을 불렀다.

"추 국장 아니신가!"

영감을 확인한 국장이 그 자리에 멈추었다. 지난해 영상 자리에서 물러났다 해도 만인지상 일인지하의 자리에 삼 년 넘게 있던 사람이었다. 사적으로는 집안 처형 되는 이의 남편이니 손위 동서뻘이었다. 추(秋)는 영상의 교자가 지나가기를 기다렸다.

이미 전루군 박봉출이 오라에 묶인 채 끌려와 있었다. 영감이 교자에서 내리자 주사가 허겁지겁 사무실에서 의자를 내왔다. 그는 조금 전에 의금사 군인을 대동하고 누각에서 전루군을 체포해 온다고 얼굴이 벌겋게 달아 있었다.

"어인 행차이십니까. 고문 영감."

추(秋)는 영감이 의자에 앉기를 기다리다가 물었다. 영감은 빤히 국장을 바라보았다. 정확히 듣진 못했지만 얼마 전에 제수받은 관직 이름 같은데……. 그때의 불쾌함이 되살아났다.

개화 바람 든 젊은 놈들이 지들끼리 다 차지하고 먹다 남은 밥 처리하듯. 으음, 영감은 큰 기침을 했다.

"전루군이 체포되었다 하기에. 내 명색이 관상감의 영사였지 않소이까."

영감이 가을 햇빛에 눈이 부신 듯 미간을 잔뜩 찌푸렸다. 드문드문 검버섯이 몇 개 있지만 피부가 깨끗했다. 주름조차도 찾을 수 없었다. 나이에 비해 주름이 많고 머리숱이 적은 추(秋)는 그것만으로도 영감이 부러웠다. 어디 그뿐인가, 영감은 모든 벼슬아치의 꿈인 영의정까지 오른 사람이었다. 그는 눈만 껌뻑거리고 있었다.

추(秋)의 생각 정도는 손바닥 보듯 알고 있다는 듯 영감이 흰 수염을 쓸어내리며 헛기침을 하고 부채로 반대편 손바닥을 몇 번 친 후 전루군에게 호통을 쳤다.

"시각을 알리는 일은 하늘의 일이고 하늘의 일은 왕실의 일이거늘 어찌 이리 소홀히 할 수 있다는 말인가."

"지당하신 말씀입니다."

전루군의 짧은 대답이었다. 목소리가 의외로 청명했다. 공중에서 목청 좋은 새가 울고 지나간 느낌이었다. 목소리와 목소리를 낸 전루군이 너무 달라 어리둥절했다. 혹시 자신이 잘못 들었나, 귀를 의심했다. 일흔이 넘었으니 귀인들 온전하랴. 전루군은 그 상황을 알고 있다는 듯이 또 한 번 또록또록한 목소리로 자신은 자지도 졸지도, 한눈을 팔지도 않았기 때문에 그 시각은 터럭만큼도 틀림이 없다고 했다.

'저 면상에 어찌 저런 목소리가……'

영감은 겨울에 핀 봄꽃을 보듯 전루군을 보고 섰다. 희끗희끗한 수염과 어울리지 않는 목소리였다. 빠진 앞니 사이로 말이 새는 게 조금 흠이긴 했다. 영감은 터무니없이 전루군에게 기울어지는 마음을 다잡기 위해 얼굴을 찡그리고 있다가 옆에 선 추(秋)에게 물었다.

"국장은 어떻게 관상감이 말한 시각이 잘못되었다는 것을 아셨소?"

영감의 질문에 추(秋)가 깜짝 놀랐다. 그것을 모르고 있을 영감이 아니었다. 다들 알면서 말하지 못할 뿐이었다. 조선의 시간과 왜에서 들어온 서양의 시간이 다른 것은 어지간한 사람은 다 알고 있었다. 조선에서는 해가 진 뒤부터 다음 날 해 뜨기 전, 즉 밤을 5경으로 나누고 각 1경은 다시 5점으로 나누었다. 따라서 밤은 25점이 되는데, 밤이 짧은 하지의 1점은 밤이 긴 동지의 1점보다 훨씬 짧았다. 다시 말해 조선은 해 뜨는 시간에 늘 해가 뜨지만 서양 시간은 일출이 계절마다 달라지는 것이었다. 그런데 어느 시간이 옳은지는 국장 역시 알 수 없었다. 갑오개혁 이후 일본의 고문관들이 1일 24시간은 균등해야 한다고 그렇게 시각을 바꾸라고 한 적은 있지만 귀담아 듣는 사람은 없었다. 그런데 영감의 질문을 받고 보니 머리 안이 횅하니 울리는 것 같았다. 늙은 영감은 목을 조금 수그리고 오른쪽 눈에 끼인 눈곱을 닦아낸 다음 다시 물었다.

"국장이 누각에 계시지는 않았을 테고……."

의금사 군인과 주사가 재미있다는 듯이 영감과 국장의 얼굴에서 눈을 떼지 못했다. 그들 모두 내심 개혁에 반대한다는 걸 국장은 알고 있었다. 일본이 하는 것은 콩으로 메주를 쑨다 해도 듣지 않을 위인들이었다.

"소생이 일하는 곳에 서양에서 건너온 시계가 있소이다. 해시계는 낮에만 볼 수 있고 물시계는 끊임없이 일정하게 물이 흘러야 하지만 이 시계는 밤낮으로 다 볼 수 있사옵니다."

추(秋)의 말에 영감은 반대쪽 눈곱을 찍어내다 말고 시틋하게 말했다.

"농담도 잘하시오. 밤과 낮은 음과 양이거늘, 음양 모두에 소용되는 시계가 어떻게 있을 수 있단 말이오?"

영감은 국장이 음양도 모른다는 듯이 빈정댔다. 추(秋)는 입을 꾹 다물고 영감을 쳐다보았다. 음양, 양반과 백성, 남녀의 구별을 없애자는 것이 개혁의 중요 내용이지 않은가. 그런데 밤과 낮은 음과 양이니 누각의 시계로 밤 시간을 재야 한다고? 저러고도 영상이었단 말인가. 저 영감쟁이를 중추원 고문 자리에서도 쫓아내야만 속이 시원할 것 같았다.

"대감, 만약 내가 밤낮으로 가는 시계를 가져온다면 어찌하시겠소?"

추(秋)는 눈을 가늘게 뜨고 영감을 마주보며 물었다. 영감은 흰 수염을 손등으로 쓸어내리며 허허허 웃었다.

"서양오랑캐 놈들이 만든 얄궂은 물건을 가지고 국장은 나를 놀릴 참이오? 밤낮으로 가건 말았건 그건 오랑캐 것이 아니오?"

"청나라가 일본에 참패를 한 게 언제인데 아직도 그런 말씀을 하십니까? 하늘의 해에 서양 것이 따로 있지 않는 한 그 말씀은 거두셔야 하옵니다."

영감은 에헤엄, 기침을 했다. 작년에 끝난 청일전쟁을 들먹이는 이유가 훤했다. 일본의 세력을 등에 업은 자신을 돋보이게 하기 위한 것이었다. 십 년 전 갑신란 때 그렇게 철저하게 배신당하고도 또 저러고 있었다. 왜는 절대 믿을 수가 없는 나라였다. 젊은 것들이 그걸 모르고 날뛰니……. 영감은 습관적으로 혀를 서너 번 찼다.

"누각의 물시계가 서양 시계와 다르다 해서 저자를 잡아들인다는 게 말이 된다고 생각하시오. 국장은 도대체 어느 나라 사람이오?"

영감은 한심하다는 듯이 국장을 쏘아붙였다.

"이 자를 체포한 것은 시각을 잘못 알린 죄이지 물시계가 잘못되었다고 체포한 것은 아니지 않소이까."

추(秋)도 지지 않고 맞섰다. 원체 기가 약한 사람이라 한 번의 대꾸만으로도 관모 밑의 땀이 번져갔다. 그는 그런 자신이 못마땅하여 더 화가 치밀어 올랐다.

“어허. 내 말이 그 말이 아니오? 시각이 잘못되지 않았다고 하는데도 부득부득 잘못되었다고 우기니 말이오.”

“어떻게 한쪽 말만 듣고…….”

“이런, 답답한 일이. 관상감이 어떻게 한쪽이란 말이오? 수백 년간 이 나라의 천문과 시각을 담당한 관상수시의 중심이지 않소? 그 일이 제왕의 으뜸 되는 일이란 것쯤 국장께서 아실 테고…….”

영감은 길게 혀를 찼다. 추(秋)도 발끈 성을 냈다.

“관상감의 판단이면 모두 다 맞는다는 법이 있소이까. 일단 조사를 하러 왔는데 무얼 그리 야단이시오니까! 지나치시오이다.”

그는 바르르 떨리는 손끝을 감추느라고 두 손을 꼭 잡았다. 그 손을 본 영감이 더 거세게 몰아붙였다.

“오백 년 사직을 지켜온 조정의 관서를 능멸하는 것이 개혁이오?”

개화 전 같으면 궁궐 안에도 못 들어올 종자들이었다. 개화 바람에 살판난 서자 무리 중 한 명으로 얼마 전에 일본으로 도망간 박영효의 끄나풀이었다. 협판, 경무관까지 다 같이 도망갔는데 저자는 어떻게 아직도 국장 자리를 지키고 있는지 조금 의아했다. 박영효라면 자다가도 벌떡 일어나 극형에 처해야 한다는 상소를 하고 싶은 사람이었다. 게다가 영감 역시 전루군과 마찬가지로 오늘 새벽에 친 파루는 틀림이 없었다고 생각했다. 그건 평생 파루를 들어온 몸이 아는 일이었다. 여기는 조선 땅이었다. 조선에는 조선의 시각이 있어야 하고 그 시각만이 조선의 물상에 맞는다고 생각했다.

추(秋) 국장은 점점 영감을 상대하기가 벅차다는 것을 느꼈다. 손바닥 안까지 땀이 촉촉이 젖었다. 머리 안에 큰 구멍이 뚫린 듯 바람이 드나들었다. 양다리에 힘을 주고 이를 앙다물었다. 화가 치밀어 올라 그런지 무슨 말을 해야 할지 생각이 나지 않았다. 생각나는 대로 질문을 했다.

"태생이 어디냐?"

영감과 국장을 번갈아 보던 전루군이 당황한 듯 놀란 목소리로 말했다.

"경기도 여주의 섬학리입니다."

처진 눈꺼풀 아래 갇혀 있던 영감의 눈이 순간 빛났다. 섬학리는 왕후의 고향이었다.

"여주라고?"

영감이 잘못 들었다는 듯이 턱까지 앞으로 내밀며 되물었다. 전루군은 못 들은 척 대답을 하지 않았다.

'왕후를 알고 있구나.'

스쳐가는 직감에 영감조차 말문이 막혔다. 영감은 힐끔 추(秋)를 건너다보았다. 만약 들었다면 전루군은 무사하지 못할 것이었다. 그리고 그를 거든 자신도 화를 면하지 못할 것이었다. 개혁에 반대하는 것들을 이름하여 왕후 같은 것들이라 하고 있는 세상이었다.

다행히 추(秋)는 전루군이 말한 것을 알아듣지 못한 듯했다. 마침 그때 의금사 안으로 들어오는 젊은 별감을 눈으로 쫓고 있었다(또 웬 별감이냐고? 구르는 낙엽처럼 흔한 사람들이니, 주상의 말을 전하는 대전별감 말고는 구별할 필요가 없다).

영감과 눈이 마주치자 별감은 가볍게 인사를 하고 국장에게 귓속말을 하고 있었다. 잘 알아들었다는 듯 고개를 끄덕인 국장이 영감을 힐끔 쳐다보았다. 영감의 가슴이 철렁 내려앉았다.

"저놈의 진술을 받아오너라."

다행히 추(秋)는 영감 옆에 섰던 주사에게 명령했다. 좀 전에 아들 같은 국장에게 된통 야단을 맞은 탓인지 늙은 주사는 뾰로통한 얼굴로, 그게 뭔지 잘 모르겠다고 했다.

"자네가 잘 읽는 이야기책 같은 것이네."

국장은 늙은 주사가 마음에 들지 않는다는 듯 쏘아붙인 후 영감에게 건성 인사를 하고 밖으로 나갔다.

4

오늘은 영국에서 온 늙은 지리학자를 만난다고 했다. 통역을 담당하고 있는 손탁 부인은 외교관을 대할 때처럼 엄격한

격식을 차릴 필요는 없다고 했다. 그 말을 기다렸다는 듯 김 상궁이 머리 염색을 하자고 했다. 가체 밑으로 흰머리가 하얗게 솟아나 민망하다고 했다. 왕후는 내키지 않았지만 알겠다고 했다. 이미 궁내부에서 세워둔 계획임이 분명할 것이었다. 그렇다면 특별한 일이 없는 한 그대로 따라야지 이렇다 저렇다 해봐야 뒷말만 무성했다.

역시나 미리 대기하고 있었다는 듯 궁녀들이 빗과 솔을 들고 들어오고 있었다. 왕후는 큰 숨을 들이마셨다. 나이 들어 가장 하기 싫은 게 염색인데 가장 자주 하게 되는 것이 염색이었다. 거기다 몇 년 전 서양에서 들여왔다는 염색약은 냄새가 지독했다. 구역질이 나고 머리가 아팠다. 냄새도 지독하게 오랫동안 남아 있었다. 이제 냄새가 가셨구나 하면 며칠 뒤 다시 염색이었다.

내의원에서 담배까지 못 피우게 했는데, 이제부터 한 시각 넘게 겹겹이 수건을 두르고 허리를 꼿꼿이 세워야 했다. 오직 말만 할 수 있었다. 말상대가 되어 줄 요량으로 김 상궁이 몇 발자국 앞에 엎드려 있었다.

"몇 살이라 했느냐?"

왕후가 대뜸 물었다. 김 상궁이 듣고도, 영문을 몰라 대답을 하지 못했다.

"오늘 온다는 지리학자 말이다."

"육십 넘었다 하옵니다."

말귀를 못 알아들어 송구스럽다는 듯이 허리를 잔뜩 수그리고 말했다.

"육십?"

귀밑거리에 까만 옻칠을 하던 중에 왕후는 머리를 돌렸다. 그 바람에 염색약이 코끝에 묻었다. 갑자기 다른 사람이 된 것 같아 김 상궁이 더 눈을 내리깔고, 듣긴 했지만 긴가민가한 음성으로 그렇다고 했다.

"육십이 넘은 나이에 석 달 넘게 배를 타고 조선에 왔다고? 부산에서 인천으로 와서 말을 타고 한성에 왔다는 말을 들은 것도 같구나."

왕후는 그제야 아침에 궁내부에서 보내온 자료들이 생각난 듯했지만 믿을 수 없다는 듯이 말꼬리를 흐렸다.

"그 나라는 일 년에 두 살을 먹는 모양이다."

왕후는 진정 그렇게 생각했다. 그렇지 않고서야 주는 밥도 못 먹을 나이에 어떻게 이 나라에 온다는 말인가. 왕후뿐 아니라 김 상궁도 그렇게 생각했다.

코끝에 묻은 염색약을 지운다고 평소보다 반점 더 걸린 화장을 끝냈을 무렵이었다. 궁내부에서 지리학자가 한 시각쯤 늦어질 것이라고 했다. 왕후는 고개를 끄덕였다. 이유를 물을 만도 한데 왕후는 말을 하지 않겠다는 듯이 팔걸이에 놓여 있는 손을 움켜쥐었다. 대나무의 잔가지 같은 뼈가 하얗게 드러났다. 왕후의 대답을 기다린다는 듯 잠시 서 있던 궁내부 대신이 그대로 물러났다. 왕후는 몰래 큰 숨을 내쉬었다. 자신이 한 말이 입과 입으로 전해져 자신을 겨누는 흉기가 되어 돌아오는 걸 여러 번 겪은 후 생긴 버릇이었다.

"한 시각이라."

궁내부 대신이 거처를 빠져나갔을 무렵 왕후는 입을 뗐다. 김 상궁은 조금 더 고개를 수그리는 것으로 수긍의 뜻을 나타냈다. 가만히 있기에도 다른 일을 하기에도 어중간한 시간이었다. 그런 데다 이미 모든 치장을 마친 뒤였다. 김 상궁 역시 좋은 방안이 없는 듯 고개만 숙이고 있다가 겨우 말문을 열었다.

"차를 한 잔……."

왕후는 눈을 더 내리깔고 못 들은 척했다. 내키지 않을 때의 버릇이었다. 물론 지척에서 왕후를 수십 년간 모셔온 상궁만이 알 수 있는 몸짓이었다.

"재미있는 이야기나 할까."

왕후는 좋은 생각이 났다는 듯 몸을 앞으로 내밀고 말했다. 종종 있던 일이었다. 김 상궁은 침방나인에게 들은 이야기를 하기 시작했다. 안동의 한 여인이 병중이었던 남편을 위해 머리카락으로 남편의 미투리를 삼았다는 내용이었다. 왕후께서는 이미 들었다는 듯이 고개를 끄덕거리다가 그 남편은 미투리를 신었는지 물으셨다. 그 미투리에도 불구하고 남편은 돌아가셨고 부인은 치마에 편지를 써서 남편의 가슴을 덮었다고 했다.

"편지라고?"

왕후는 다른 사람과 마찬가지로 그 내용이 무척 궁금하다는 듯이 턱을 앞으로 내밀고 말했다. 김 상궁도 그랬었다. 입관하기 전 잠시 동안 자신이 제일 아끼는 비단 치마에 쓴 편지라고 했다. 쓰다 보니 할 말이 많아져 네 모퉁이의 여백에까지 빼곡하게 썼다고 했다.

"무얼 그리 썼다더냐?"

왕후께서는 정말 궁금하다는 듯이 몸을 앞으로 내밀고 물으셨다.

"그 편지 보고 꿈속에 나타나 보고 들은 모든 것을 말씀해 주시라고, 아직도 하고 싶은 말이 끝이 없다고……."

그 말을 들은 후 왕후는 아무 말이 없었다. 식탁 위에 얹힌 손가락이 조금 꼼지락거릴 뿐이었다. 금방까지 이야기를 하던 김 상궁이 말을 그치고 왕후의 기색을 살폈다. 동시에 자신이 했던 말을 되새겼다. 뭐가 잘못된 것일까. 세간에 재미있는 이야기가 없냐 물으시기에 서너 달 전에 들었던 안동의 한 부인 이야기를 했을 뿐이었다. 안동뿐 아니라 전국에서 유명한 이야기였다. 김 상궁은 다시 한 번 자신이 한 이야기를 떠올려 보았지만 그 이유를 찾을 수 없었다.

"휴……."

왕후가 큰 한숨을 내쉬며 팔받침을 톡톡 내리쳤다.

"담배 한 대 붙여오너라."

왕후의 말끝이 떨렸다. 얼굴빛도 어두워졌다.

"내의원에서 어떤 일이 있더라도……."

김 상궁이 큰마음이라도 먹은 듯 단호하게 잘랐다. 왕후는 듣고도 아무 말이 없었다. 휴, 더 큰 숨을 자주 쉴 뿐이었다. 저러다 머리가 아프다며 며칠 자리에 누울 때도 있었다. 달거리가 끊어진 이후 자주 있는 일이었다. 삼십 년 가까이 왕후를 모셔온 김 상궁도 이때만은 속수무책이었다.

"마마, 그러면 딱 한 대만……."

왕후는 머리를 끄덕였다.

"마마, 도착했다는 연락이옵니다."

문밖 나인의 말이었다. 왕후는 알아들었다는 듯이, 양볼이 패일 때까지 길게 한 모금 빨아들인 후 담뱃대를 내려놓았다. 곧 왕후의 코와 입에서 흰 연기가 뿜어져 나왔다. 그 연기들이 눈앞에서 사라질 때까지 앉아 있는 것도 왕후의 버릇이었다. 원래 말이 없지만 담배를 피울 때는 더 말이 없었다.

"마마, 도착했다는……."

김 상궁의 재촉을 한 번 더 받고 왕후는 자리에서 일어나고 있었다. 짙은 파랑색 치마에 금박으로 수놓은 아홉 폭 치마에 연분홍 당의를 입고 어깨까지 늘어진 비녀를 꽂은 왕후는 유일이며 전부인 조선의 국모였다. 삼십 년 넘게 왕후를 모신 김 상궁의 허리가 평소보다 조금 더 굽혀졌다.

녹수당 안으로 들어가던 왕후의 걸음이 뒤엉킨 듯 멈칫거렸다. 흰 실을 머리에 흩어놓은 듯한 여자가 앉아 있었다. 푸른색 서양 저고리 안으로 툭 튀어나온 가슴은 짐승의 뿔처럼 저돌적이었다. 목의 주름은 겹겹으로 흘러내렸지만 콧날은 얼음 조각처럼 싸늘했다. 이제까지 접견실에 온 어떤 사람보다 더 사나워 보였다.

왕후를 본 지리학자는 일어서서 두 손을 가지런히 모으고 공손히 인사를 했다. 파란 눈이 쉴 새 없이 움직였다. 왕후는 짧은 목례를 하고 자리에 앉았다.

"그 나라에도 재미있는 일이 있겠지."

왕후가 불쑥 꺼낸 말에 손탁 여사가 깜짝 놀랐다. 어제 미리 맞춰둔 이야기가 아니었다. 문밖에 있던 김 상궁까지 움찔했다. 당황한 건 지리학자도 마찬가지인 듯했다. 그리고 잠시 생각을 하는 듯 눈을 감았다 떴다. 그리고 토끼굴에 들어간 소녀 이야기를 시작했다.

참나리가 말을 하고 늘 달려야 제자리에 살 수 있는 붉은 여왕이 사는 곳도 있었다. 무엇보다도 재미있는 것은 하얀 여왕의 이야기였다. 그녀는 시녀도 없이 살고 있는데, 그곳의 시간은 과거와 미래의 양방향으로 흘렀다. 쉽게 이야기하면 아야 하고 비명을 지른 다음에 피가 나고 그 다음 바늘에 찔리는 것이었다.

지리학자는 그 자신 토끼굴에 들어간 것처럼 어리둥절한 표정으로 이야기를 했다. 이야기를 옮기는 손탁 여사도 조금 헷갈렸다. 왕후는 재미있다는 듯이 몸을 앞으로 조금 내밀고 듣고 있었다.

"이 나라 저 나라 다닌다더니 토끼굴에도 간 모양이군."

왕후의 말이었다. 손탁 여사가 깜짝 놀라 왕후를 바라보았다. 지리학자가 토끼굴에 들어간 것으로 생각하고 있는 게 분명했다.

"중전마마, 토끼굴에 들어간 것은……."

토끼굴에 들어간 주인공의 이름이 생각나지 않았다. 손탁 여사가 말을 하다 말고 도움을 청하는 듯이 영국에서 온 지리학자의 얼굴을 보았다. 은발이었을 머리가 하얗게 세고 잔주름에 둘러싸인 눈은 큰 나무의 옹이처럼 깊이를 알 수 없었다. 손탁은 토끼굴 속으로 들어간 여자의 이름이 그 눈에서 나온다는 듯이 눈을 바라보았다.

"영국에서 우리나라에 오는 것보다 토끼굴에 들어가는 것이 더 쉬울 것 같기도 하네."

왕후는 들릴 듯 말 듯 한숨을 내쉬며 혼잣말을 했다. 손탁 여사는 어디서부터 다시 이야기를 시작해야 할지 알 수 없었다.

"저 늙은 여자가 온 곳이 영국이라고 했지? 그 나라는 도대체 어떤 나라이기에 여자의 몸으로 태어나 이곳까지 온다는 말이냐. 시간이 거꾸로 흐른다는 토끼굴보다 더 요상하구나."

왕후의 중얼거림을 알아들었다는 듯이 지리학자는 고개를 끄덕였다. 갈수록 이상한 일이었다.

"김 상궁, 조선을 구경하러 왔다 하니 조선 음식을 대접하도록 하라."

성심이 담긴 목소리였다. 김 상궁이 허리를 더 깊숙이 수그렸다.

"분부대로 거행하겠사옵니다."

지리학자는 그림자처럼 서 있는 김 상궁을 재빠르게 훔쳐보았다. 그러나 다른 외국인처럼 불안과 기대가 빠르게 교차되는 눈빛은 아니었다. 어떤 낯선 것에도 이미 익숙한 모습이었다.

"왕후께서 조선에 오셨으니 조선 음식으로 대접하시라고……."

여사는 딱딱한 영어로 말을 옮겼다.

"감사합니다."

늙은 지리학자는 미리 준비한 듯 서툰 조선말로 화답을 했다. 왕후가 얼굴을 찡그렸다. 콧등에 두껍게 바른 분이 갈라질 듯했다.

"뭐라고 하느냐?"

왕후는 천천히 물었다. 외국인의 어떤 말도 그것이 조선말이라 할지라도 통역을 해서 듣는 것이 왕실의 법도였다. 그렇다 하나 감사하다는 말을 통역하는 건 처음 있는 일이었다.

"감사하다 하옵니다."

손탁 여사의 발음이 더 어색했다. 내리깐 지리학자의 눈이 동심원을 그리며 접견실 안으로 번져갔다.

김 상궁이 유과와 식혜를 내왔다. 그릇도 식혜도 식혜 안에 든 잣도 유과도 모두 흰색이었다. 왕후 앞에도 똑같은 식혜와 유과가 놓였다. 왕후는 앞에 놓인 식혜 그릇을 입술에 갖다대고는 이내 내렸다.

"들게 하라."

손탁 여사는 왕후의 말을 그대로 전했다.

늙은 지리학자는 손잡이가 없는 식혜 그릇을 손바닥으로 감싸 들어 올리다 다시 내렸다.

"온통 하얗구나……."

늙은 지리학자가 그 나라 말로 중얼거렸다. 분명하게 들리지 않아 손탁 여사는 고맙다는 말일 것이라고 짐작을 했다.

"그렇긴 하다만 그게 이상한 일이냐."

왕후도 아주 작은 소리로 중얼거렸다. 손탁 여사는 통역을 하려면 한 번 더 들어야겠다는 듯이 왕후의 아래턱을 쳐다보았다. 왕후는 그 눈길을 외면하고 입을 다물고 있었다. 이미 들은 말도 흔적 없이 사라지고 있었다. 있을 수 없는 일이지만 두 사람이 자신의 도움 없이 말을 주고받은 꼴이었다. 지리학자는 두 손으로 그릇을 싸안고 천천히 식혜를 마시고 있었다.

“흰색이 이상한가?”

왕후는 늙은 지리학자가 식혜를 다 먹을 때까지 기다렸다가 물었다. 손탁 여사는 밑도 끝도 없는 말이라고 생각하며 통역을 했다. 그러나 지리학자는 역시 예상하고 있던 질문인 듯 담담하게 대답을 했다.

“조선 사람이 하도 흰 옷을 많이 입어 멀리서 보면 새떼처럼 보였사옵니다. 그런데 음식도 그릇도 하얀색이라서……. 하얀 세상에 들어온 듯하여…….”

하얀 세상이라니, 그건 이야기 속에서나 있을 수 있는 일이었다. 손탁은 늙은 지리학자가 말을 잘한다고 생각했다. 아니면 왕후가 이야기를 좋아한다는 말을 어디에서 들었을 수도 있었다. 왕후는 아무 말이 없었다. 늙은 지리학자는 굳이 대답을 기다리지 않는다는 듯 유과 하나를 조심스럽게 베어 물고 있었다. 꽝 대포 소리가 났다.

“어찌된 일이냐?”

왕후는 이마를 잔뜩 찡그린 채 그림자처럼 서 있는 상궁에게 물었다. 손탁 여사의 눈길이 그 말을 따라 김 상궁에게 향했다. 십 년이 넘게 왕후의 귀와 입이 되어주었지만 저렇게 밑도 끝도 없이 하는 말은 알아들을 수 없었다.

“왜병이…….”

왕후는 아무 말도 없었다.

“전루군이 체포되어…….”

김 상궁의 말이 이어지자 의자에 놓인 왕후의 손가락이 살짝 들렸다. 김 상궁이 중도에서 말을 그쳤다. 파루의 북소리 논란 끝에 전루군이 체포된 것은 이미 알고 있었다. 그러나 알고 있다는 표시를 내어서는 안 된다는 것도 왕후는 알고 있었다.

"관상감 당상, 아니 영사였던 민 대감께 좀 뵙자고 해라."

"예에……."

김 상궁이 대답을 하자 구석에 서 있던 나인 한 명이 소리 없이 문을 열고 밖으로 나갔다.

왕후는 하얗고 가는 손가락으로 다시 식혜 그릇을 잡았다 놓았다. 내의원에서 수라간에서 올리는 음식 외에는 아무것도 먹지 못하게 했고 실제로 아무것도 먹지 못했다. 동학난(東學亂) 이후 생긴 위병(胃病)이었다. 얼굴을 덮은 시커먼 기미는 두꺼운 화장으로 가렸고 앙상한 몸은 몇 겹이나 되는 옷으로 가렸다. 드러난 곳은 의자에 놓인 두 손뿐이었다.

"며칠 뒤에 한 번 더 보자고 해라."

조선을 두루 구경하고 편안히 귀국하라는 말을 준비하고 있던 손탁 여사가 깜짝 놀라 왕후를 바라보았다. 궁내부와 의논도 하지 않고 일방적으로 발표한 것도 그랬지만 공사관 소속이 아닌 외국인을 궁 안으로 초청한 적은 없었기 때문이다. 늙은 지리학자의 토끼 이야기가 재미있었던 걸까. 손탁은 그제야 그 토끼굴로 들어간 꼬마가 앨리스라는 걸 알았다.

알다시피 영감과 추(秋) 국장의 팽팽한 신경전은 추(秋)가 허겁지겁 전옥서를 빠져나감으로써 싱겁게 끝났다. 주사에게 전루군의 진술을 받으라는 말을 남기고 밖으로 나간 것이다. 영감은 추(秋)를 기다려야 할지 말아야 할지 어중간하기만 했다. 아무 말도 없이 모가지만 끄떡하고 사라진 국장이 괘씸하기도 했다. 그 사이에 주사는 전루군에게 지필묵을 갖다 주고 있었다.

미천한 전루군이 글을 쓴다?

영감은 잠시 전루군을 지켜보기로 했다.

가는 붓에 자꾸 먹물을 적실 때마다 전루군의 오른손 옆으로 새카만 글자들이 벌레처럼 기어나왔다. 평생 글을 읽고 쓴 영감이지만 한 번도 저렇게 토해내듯 글을 써본 적이 없었다. 세상과 내 몸에 없는 것을 찾아 쓰는 것이 글이라고 생각했는데, 그게 아니었다. 전루군은 몸 안에 있던 것을 뽑아내듯 글을 쓰고 있었다.

몸 안에 저토록 많은 글이 쌓여 있었단 말인가.

갑자기 영감은 자신의 전 생애가 하얗게 바래는 것 같아 핑,

어지럼증을 느꼈다. 으허엄, 영감은 서글픈 생각을 물리치기 위해 큰 기침을 하고 느릿느릿 의금사를 나섰다.

일본식 군복을 입은 훈련대가 발을 맞추며 이동을 하고 있었다. 서양 양복을 입은 사람이 곳곳에 눈에 띄었다. 갑오왜변 이후 수십 명의 고문관이 입궐했다. 각 부에 틀어박힌 고문관의 수가 수십 명이었다. 백성들 고혈 빨아 모은 세금도 모자라 일본에서 들여온 차관으로도 고문관들 봉급 주기에 바빴다. 작년, 갑오왜변 이후 개혁을 한답시고 온 나라를 들쑤시더니……. 으음. 영감은 불쑥 치밀어 오르는 울화를 큰 기침으로 겨우 달랬다. 남산 아래는 왜의 세상이라고 했다. 강화도 조약 이후 동도서기를 주장하며 서양문물을 받아들이자고 주장해온 영감이었지만 이런 날이 올 것이라고 생각해본 적이 없었다.

어지러웠다. 머리가 아픈 것이 아니라 세상이 뱅뱅 도는 것 같았다. 길 한가운데서 눈을 뜬 장님이 된 기분이었다. 들리는 말뿐 아니라 들리지 않는 말도, 보이는 것뿐 아니라 보이지 않는 것까지 보았다고 생각했는데 갈피를 잡을 수 없었다. 반대편에 있던 옥석이 교자꾼을 이끌고 달려왔다.

"관상감으로 가야겠다."

갑자기 떠오른 행선지 생각에 영감의 목소리가 조금 높아졌다.

가을 하늘이 푸른 비단을 펼쳐둔 것처럼 고왔다. 바람은 살랑살랑 불고 햇빛은 오곡이 여물기에 딱 좋았다. 바람도 햇빛도 오장을 녹일 듯이 부드러웠다. 얼마나 부드러운지 눈을 감고 있으면 영감 자신이 없어지는 것 같았다. 유월 염천에도 십이월 엄동에도 있을 수 없는 일이었다. 그러나 세상은 부드러움보다 강함으로 다스려지고 있었다. 말이 개화이지 왜의 총칼 앞에 조선의 대신들이 무릎을 꿇는 격이었다.

우정국 앞에서 영감은 당하관 복장을 한 관리를 만났다.

"영상 영감 아니옵니까. 저는 관상감 수술관이옵니다."

당하관 관복을 입은 삐쩍 마른 관리가 두 손을 모으고 관모가 벗겨지도록 고개를 숙였다. 안면이 있는 듯 없는 듯했다. 나이가 드니 이 사람이 저 사람 같고 저 사람이 이 사람 같았다. 영감은 일단 아는 척했다.

"오, 자넨가. 내 그러지 않아도 관상감 당상을 만나러 가는 길일세."

"저를 따라오십시오."

늙은 수술관(修述官)은 관복 깃 밖으로 사금파리와 같은 목뼈를 드러내고 앞서 걸었다. 창덕궁 금호문을 못 가서 나무 사이로 돌로 쌓은 관천대가 눈에 들어왔다. 수술관은 관천대를 거쳐 허름한 건물 앞에서 멈추었다.

"이곳이옵니다."

영감은 그제야 걸음을 멈추고 사방을 둘러보았다. 공사당이라고 적힌, 열 칸 남짓한 건물이었다. 건물의 오른편 끝에 있던 동실의 문이 열렸다. 통기를 받은 당상이 버선발로 허겁지겁 나오다 가을 햇살에 눈이 아린 듯 주춤했다. 그는 눈을 감은 채로 인사를 했다. 영감은 인사를 받고 사방을 둘러보았다. 얼핏 보면 창고같이 보일 정도로 작고 낡고 좁았다.

세종 때는 말할 것도 없고 영정조 때만 해도 사직의 중심이었다. 중인이었지만 하늘의 뜻을 읽는 사람들이었다. 주상께서도 그들을 통해서만 하늘의 뜻을 알 수 있었다. 눈에 보이지 않는 시간을 재고 운명을 읽고 길일과 흉일을 가려내는 사람들이었다. 그들의 질서는 엄격했고 뜻은 명징했다. 조선 사람 아무도 그들의 세계를 의심하지 않았는데 서양의 학문과는 다른 점이 있었다. 오로지 그 이유 때문에 그들의 학문을 비웃는 무리들이 많아졌다. 가난한 나라의 국고로 외국 유학을 갔다 온 무리들이었다.

당상은 낡고 좁은 관상감의 집무실로 영감을 안내했다. 진한 먹물 냄새가 났다. 시꺼먼 먹물이 오른손 중지에 묻어 있었다.

"글을 쓰고 계셨던 모양이오."

"그러하옵니다."

영감은 몇 년 전부터 관상감 당상이 지(誌)를 쓰고 있다는 말을 들은 것 같았다.

"관상감의 역사는 개국과 함께 시작되었고 앞으로도 천년 만년 계속될 듯하와……. 이쯤에서 역법의 유래와 제도의 연혁을 정리해둘 생각이옵니다."

당상이 말을 하다 말고 그때 마침 밖에서 들여온 차를 따랐다.

"작년 연행 길에 역관이 사온 차이옵니다."

영감은 고개를 끄덕이며 차로 목을 축였다. 늙어서 그런지 맛을 구분하기 힘들었다. 첫맛이 아니라 뒷맛이 나는 차 종류는 특히 그랬다. 영감은 잠시 머금고 있다 넘긴 차의 뒷맛에서 겨우 향을 맡았다. 망하고 있는 나라, 청의 차라 그런지 냄새조차도 사라진 듯했다. 영감이 찻잔을 내려놓으며 물었다.

"당상은 관상감이 천년만년 갈 것이라고 생각하시오?"

요즘같이 하루가 다르게 변하는 세상에 천년만년이라니, 말을 하고 보니 이만저만 싱거운 노릇이 아니었다. 영감은 말을 하다 말고 헛기침을 했다. 대답은 기대하지도 않았는데, 당상은 기다렸다는 듯 확신에 찬 어조로 대답했다.

"하늘과 땅, 양의가 있는 날까지 관상감의 일은 계속되리라 믿사옵니다."

영감은 잘 알아들었다는 듯이 고개를 끄덕였지만 내심을 알 수 없기는 마찬가지였다. 좀 더 뾰족한 질문이 필요했다.

"그렇다면 음과 양이 바뀌는 파루 시간이야말로 가장 정확해야 하는 것 아니겠소? 오늘 새벽의 파루 시간은 어떻게 된 것이오?"

예상대로였다. 당상은 대답을 미루고 차를 마셨다. 미간에 주름이 잔뜩 모였다. 영감은 재차 물었다.

"그자가 여주 섬학리 출신이라는데."

당상은 파루 시각이 아니라 전루군에 대해서라면 대답하기가 어렵지 않다는 듯 말했다.

"눈이 먼 박 첨정이 상처 후에 낙향한 곳이니, 전루군이 자란 곳은 맞사옵니다. 간혹 왕후 마마 이야기를 꺼내는 적도 있다고 하옵니다."

"틀림없소이까?"

처진 눈꺼풀 속에 숨어 있던 영감의 눈이 그 순간 모습을 드러냈다. 영감은 왕후에 대한 질문을 삼킨다고 턱을 앞으로 내밀었다. 입 안에 가득 고인 침을 삼킨 후에야 전루군에 대해 물었다.

"아니, 그 사람이 박 첨정의 아들이란 말이오?"

영감은 한 번 더 물었다.

"그렇소이다. 그런 사람이 어떻게 졸 수 있으며 한눈을 팔 수 있겠습니까?"

영감은 아무 말도 하지 않았다. 당상이 말한 첨정은 사십 년 전 해를 관찰하다가 눈이 먼 관상감의 관리였다. 얼마나 집요하게 해를 관찰했는지, 눈 안에 해가 남아 있었다. 그의 자식이라면 파루를 놓칠 리가 없었다. 십수 년 동안 한 번도 틀린 적이 없다고 하지 않았는가.

당상은 파루에 대해서만은 이제 더 이상 할 말이 없다는 듯 가라앉은 목소리로 말했다.

“세상 탓이지 전루군의 탓이겠습니까. 문명국에는 문명의 시간이 따로 있어야 한다고 하니 오백 년 이어진 조선의 시간을 어떻게 해야 할지……. 그 아들이 누각의 구석에 바퀴로 움직이는 시계를 만든다는 소문도 있습니다만 아직 보지는 않았습니다. 물이 없으면 누각의 소금을 어떻게 해야 할지…….”

당상이 들릴 듯 말 듯 목소리를 낮추었다.

“어허 그게 무슨 말씀이시오. 물이 아니라 바퀴로 가는 시계라니요!”

“그러게 말입니다.”

당상이 긴 한숨을 내쉬며 입을 다물었다.

영감은 더 이상 아무 말 말라는 듯 요란하게 기침을 하고 물었다.

“그자의 이름이 무엇이오?”

“박봉출이라 하옵니다.”

바퀴로 움직이는 시계라니, 말도 안 되는 소리였다. 영감은 서둘러 자리에서 일어났다. 왕후를 위해 파루를 울린다는 전루군의 말이 떠올라 아득히 현기증이 돌았다. 비린내를 맡은 듯 울컥 비위가 상하기도 했다. 아무리 왕후와 백성 사이라 해도……. 음심이 느껴지는 말이었다.

“고약한 놈. 사직도 주상도 아닌 왕후를 위해 종을 울리다니…….”

파루의 시각이 제아무리 정확하다 해도 당장 곤장을 쳐서 누각 밖으로 내쫓아야 할 놈이었다. 엉뚱한 곳에서 전루군의 문제가 해결된 듯해서 어쨌든 개운했다. 영감은 가벼운 걸음걸이로 관상감을 나섰다. 당연히 영감을 기다리고 있어야 할 옥석이 보이지 않아 사방을 두리번거렸다. 뜻밖에 북쪽에서 내려오고 있었다. 영감을 본 옥석이 빠른 걸음으로 다가와 잠시 건청궁에 들르라는 왕후의 말을 전했다.

"사실이렷다! 누구에게 들었느냐?"

영감이 잔뜩 목소리를 낮추어 말했다.

"중궁전 나인의 말이옵니다. 북촌의 집에 갔다가 의금사에 들렀다고 하옵니다."

그 정도면 틀림없었다. 영감은 고개를 끄덕이며 오랜만에 왕후를 떠올렸다. 사사로이는 11촌 조카이다. 자손이 많은 집 안에서 보면 남과 다름없지만 아버지를 잃고 선대봉사할 양오빠를 잃고 양 조카마저 청에 붙박여 살고 있는 왕후에게는 11촌이 형제와 마찬가지였다.

영감이 교자에 타려는 순간 아침나절에 집에 왔던 별감이 쪼르르 달려왔다. 왕후께서 영국의 토끼굴에서 나온 늙은 지리학자와 만났다고 했다.

"토끼굴?"

영감이 심드렁하게 물었다.

"중궁전의 나인에게 들었습니다만……."

영감은 더 이상 묻지도 듣지도 않았다. 마음 같아서는 그것을 말이라고 하는지 호통을 치고 싶었지만 정작 중요한 정보를 전해주지 않을까 봐 참을 수밖에 없었다. 미련한 놈, 영감은 그 말을 삼키느라고 길게 기침을 했다.

왕후는 하나도 늙지 않았다. 세자 혼례식 때와 마찬가지로 팽팽하고 고운 모습이었다. 소문대로 왕후가 늙지 않기 위해 말린 지네를 먹고 여우의 간을 갈아 얼굴에 바르는지도 모를 일이라고 생각했다.

"바쁜 대감을 뵙자고 했습니다. 제가 뵈러 갈 수 없으니 어쩔 수가 없어 모셔오라고 했습니다. 결례를 용서하십시오."

왕후는 진정 미안하다는 듯이 고개를 숙였다. 영감은 깜짝 놀라, 자주 문안드리지 못함을 용서해달라고 서둘러 말했다.

"어지러운 때 왕후 마마의 강령하심이 나라의 큰 힘인 줄 사려되옵니다. 하온데 무슨 일로 소신을 찾으셨는지."

영감은 손등의 저승꽃에 눈을 두고 말했다. 영감의 말투는 주상의 부름을 받았을 때의, 오랫동안 몸에 익은 것이었다. 오래간만에 하는 말이라서 조금 딱딱하다고만 생각했지 여기가 대전이 아니라 내전이라는 사실은 생각하지 않았다. 왕후에게 무척 낯선 대화 방식이란 것도 죽을 때까지 알지 못했을 것이다. 왕후는 그저 영감에게 파루 소리를 들었냐고 묻고 싶었다.

"그냥 차라도 한 잔 하자고……."

왕후는 말을 하다 말고 입을 다물고 영감의 등 뒤에 엎드려 있는 김 상궁에게 눈을 두었다. 아녀자들에게나 할 말이지 영감에게 할 말이 아닌 듯했다. 당황하여 잠시 말을 멈추었던 왕후는 주먹을 쥐고 허리와 가슴을 펴고 낮고 딱딱한 목소리로 물었다.

"뵙자고 한 것은 다름이 아니라 듣자하니 오늘 새벽에 친 파루의 시간이 문제라 하셨나이까."

영감은 묘한 일이라고 생각했다.

"그러하옵니다만……."

"아녀자라 할 일이 없어 시간 가는 것만 염주를 세듯 세고 있소이다. 멀리도 아니고 오늘 새벽이라면 기억이 생생한데, 그 시각은 한 치도 틀리지 않았소이다. 시간이란 게 원래 몸에 새겨지는 게 아니겠소이까. 내 수십 년간 그 소리를 듣고 아침 저녁을 맞았습니다. 이제 내 몸이 그 북소리에 익숙해져 있을 터인데 오늘 새벽의 파루는 내 몸과 한 치도 빈틈이 없었소이다. 내 자세히는 모르나 그 전루군은 아주 오랫동안 누각에 있었던 것 같은데……. 오히려 장한 일이 아니겠습니까?"

왕후는 자신이 너무 많은 말을 하고 있다는 걸 느꼈다는 듯이 입을 다물었다. 한 마디도 놓치지 않고 듣고 있던 영감이 물었다.

"혹시 그 전루군을 아시옵니까?"

영감이 귀밑으로 번져오는 흥분을 지그시 누르며 물었다.

"내가 어떻게 전루군을 알겠소이까. 다만 수십 년 동안 친 파루와 인정이 늘 일정했기 때문에 아는 것 같다는 느낌이 든다는 것이지요. 바다에서 해가 올라오고 산에서 달이 뜨는 것처럼 아주 묵직하게……. 커다란 바퀴를 돌리는 것처럼……. 그 소리를 듣고 있으면 시간은 흘러가는 게 아니라 쌓여가는 것처럼 생각되기도 하고…….”

왕후는 입이 마른 듯 혀로 입술을 축였다. 왕후가 이렇게 많은 말을 하는 것을 영감은 처음 본 것 같았다. 그런데 바퀴라고 하셨나. 영감이 눈을 들어 왕후를 바라보았다.

“혹 바퀴시계를 보셨습니까?”

이번에는 왕후가 무슨 말인지 못 알아들었다는 듯이 눈을 크게 뜨고 물었다.

“바퀴시계라니요?”

“소신도 들은 이야기입니다요. 누각 창고에 전루군의 아들이 바퀴로 가는 시계를 만들었다고 해서…….”

“물시계가 아니라 바퀴시계라고요?”

왕후가 말끝을 흐렸다. 분명 소금 생각을 하고 있을 것이라고 생각한 영감이 잘라 말했다.

“그 맹랑한 자의 이름이 박봉출이라고……. 여주 출신이라 하옵니다.”

오줌이 새듯 저절로 말이 새나왔다. 영감은 사추리를 조이듯 인상을 썼다.

“그렇소이까.”

왕후는 뜻밖이라는 듯 움찔한 반응을 보였다. 여주는 왕후의 고향이었다. 하필이면 여주가 고향인 자의 일에 끼어들다니, 아주 곤란한 표정이었다. 개혁당에서 알면 무슨 소리를 할지 모를 일이었다.

"고향이라 해도 떠난 지 오랩니다."

왕후는 단호하게 말했다.

영감은 그럴 수 있다고 생각했다.

왕후는 어릴 때 아버지를 잃고 여주를 떠났다고 했다. 집도 없이 인현왕비의 사가(私家)를 지키던 집안 처녀가 왕후로 간택되었을 때 놀라움은 생생했다. 누구나 노론 김병하의 여식이 왕후가 될 줄 알았다. 대원군이 이미 약조를 했다는 소문이 자자했다. 그런데 여주에 살던 고아였다. 노회한 대원군만이 할 수 있던 계책이었지만, 열여섯 살 난 왕후가 거대한 노론의 세력을 맞선 꼴이었다. 폐비는 시간문제인 듯했다.

"박봉출이란 자가 왕후마마를 위해 북을 친다 하기에 혹 아시는가 하고."

영감은 눈꺼풀을 밀어올리고 왕후의 눈을 보았다. 왕후의 눈빛은 변함이 없었다. 꼭 아무 말도 듣지 못한 사람의 눈빛이었다. 벽 보고 혼자 이야기를 한 것 같아 조금 무안했다. 쓸데없는 말을 한 것 같기도 했다.

"소신, 이만 물러가겠습니다."

절을 한 영감이 뒷걸음질을 쳤다. 등 뒤에서 문이 열리는 소리가 들렸다.

"그자의 이름이 무어라 했소."

영감은 걸음을 멈추었다.

'이름을 두 번이나 말했는데, 그걸 기억하지 못하다니……'

왕후는 분명 이상했다. 토끼굴에서 온 사람의 이야기를 들은 것이 아니라 자신 토끼굴에 갔다 온 것 같았다.

"박봉출이라 들었사옵니다."

6

봉출은 태어날 때부터 다섯 살이기라도 한 것처럼 열 살이었는데도 열다섯 살 난 아이처럼 컸다. 얼굴은 길쭉하고 주먹은 커다란 고구마 같았다. 두 칸 초가집은 봉출이 움직일 때마다 흔들거렸다. 삐꺽거리는 마룻장 소리가 날 때마다 봉출의 아버지는 소리 나는 쪽으로 귀를 기울이고 주의를 주었다.

"지붕 내려앉겠다. 살살 걸어라."

봉출은 힐끔 아버지를 쳐다보고는 마당으로 뛰어내렸다. 휙 바람이 스쳐 지나갔지만 아버지는 아들이 무엇을 했는지 정확히는 알지 못했다. 그는 장님이었다. 종묘에 제사 지낼 시간을 잘못 알린 죄로 의금사에 끌려갔다. 주상께서는 당장 목을 칠 일이지만 누대로 관상감에서 일한 공을 생각하여 곤장 백 대에 처하라고 했다. 그는 그 자리에 엎드려 애원을 했다. 목을 쳐 주상 전하의 지엄하심을 만천하에 알려달라고 애원을 했다. 애오라지 진심이었다. 그러나 한번 내린 주상의 명은 쉽게 바뀌지 않았다. 그는 곤장 백 대를 다 맞고도 더 맞겠다고 떼를 썼다. 어떻게 매를 쳤으면 저런 말을 하겠냐고 형조의 관리가 고함을 질렀다고 했다. 형리들은 처음 보는 일이라 서로 눈만 끔뻑이며 봉출의 아버지를 밖으로 끌어냈다.

그 일 때문인지 그가 눈이 먼 것을 두고, 스스로 눈을 찔렀다는 말이 있었다. 그는 그 말을 들을 때마다 귀가 먹은 사람처럼 아무 말도 하지 않았다. 일 년 뒤 괴질로 아내를 잃고 고향인 충청도로 내려왔다.

마당으로 뛰어내린 봉출이 마당 한가운데 서서 그림자를 재고 있었다. 아침 먹고 잰 것보다 한 뼘 정도 길었다.

"사람 키는 똑같은데 그림자 길이는 왜 달라요?"

봉출이 물었다. 아버지가 손으로 마루를 내리쳤다.

"저놈이 똑같은 질문을 몇 번씩 하는 게야?"

아버지의 답은 처음을 빼고는 똑같았다. 그런 쓸데없는 질문은 하지 말라고 한 것이 처음의 답이었다.

"곧 새어머니가 오실 게다."

아버지는 찌그러진 대문을 바라보며 남의 말 하듯 했다. 봉출은 그림자를 끌고 이리저리 뛰어다니다 그 자리에 멈춰 섰다. 갑자기 오줌 나오는 곳이 막힌 듯 아렸다.

바람만 불어도 눈썹에 먼지가 앉을 정도였다. 석 달 동안 비 한 방울 내리지 않았다. 아버지가 당산에 기우제를 하러 간 틈을 타 봉출은 산에 올랐다. 계모는 한 살배기 동생과 자고 있었다. 봉출의 겨드랑이에도 닿지 않을 정도로 키가 작았지만 닭 잡는 데는 귀신이었다. 지난여름엔 염소까지 잡았다. 새끼줄에 매인 염소를 끌고 오다가 슬쩍 다리 밑으로 처넣었다는 것이다. 계모는 염소가 제물로 떨어진 것이라고 했지만, 산에서 내려오던 친구가 차는 걸 봤다고 했다. 어느 쪽 말이 맞는지 알 수 없지만 계모는 목 졸려 죽은 염소 한 마리를 며칠 동안 잘 먹었다.

계모가 들어온 뒤부터는 집에 있기가 싫었다. 서당도 하루 걸러 한 번씩은 빼먹었다. 안 그래도 하기 싫은 공부가 더 하기 싫었다. 서당을 빼먹고 가는 데가 납산이었다. 민둥산이 된 다른 산과는 달리 그 산은 한 치 앞이 안 보일 정도로 나무들이 빽빽했다. 빽빽한 나무 사이로 넓디넓은 공터가 나왔다. 민씨 집안의 묘지였다. 아주 잘 다듬어진 묘지가 둘씩 셋씩 짝을 지어 있었고 묘 앞의 커다란 비석에는 깨알 같은 글씨가 가득했다. 다들 할 말이 많은 듯했다. 그 무덤 중엔 백 년 전 왕비의 무덤도 있다고 했다. 아직 떼가 제대로 앉지 않은 무덤도 있었다. 몇 달 전에 죽은 민 첨정의 것이었다. 민 첨정은 왕비의 묘지를 돌보던 사람이었다.

봉출은 묘지 끝에서 숨을 돌리고 산속으로 들어갔다. 산속엔 나무 열매가 많았다. 나뭇잎만 한 새떼들이 가지 위에 앉아 나무를 더 무성하게 했다. 새들이 날아갈까 봐 땅에 떨어진 열매 하나를 소리 나지 않게 주워 먹었다. 익기도 전에 떨어진 것이라 쓴맛이 났다. 아주 조금씩 쓴맛을 넘길 때면 비석에서 본 글자들이 자신의 몸에 새겨지는 듯했다.

하늘이 껌껌해지면서 빗방울이 떨어졌다. 나뭇잎이 축 처질 정도로 굵은 빗방울이었다. 뿌리를 덮은 흙들이 씻겨 내려갔다. 머리끝에서 물이 뚝뚝 떨어졌다. 빗줄기가 금방 옷 속으로 파고들었지만 봉출은 인상을 찌푸리지는 않았다. 아버지가 기우제를 지낸 것만 해도 세 번이었다.

잠시 동안이었는데도 물은 마른 땅을 적시고 골을 팔 정도로 무섭게 내렸다. 봉출은 미끄러지는 짚신을 벗어 손에 들었다. 냇가에 닿기도 전에 물 내려가는 소리가 꽐꽐꽐 들렸다. 나뭇가지 사이로 돌에 부딪쳐 하얗게 부딪히는 물줄기가 보였다. 저쪽 산 너머에서 번개가 번쩍거렸다. 천둥소리가 세상을 동강낼 듯이 들렸다. 다 어디로 숨었는지 새 한 마리 보이지 않았다. 어쩐지 무서운 생각이 들었다. 계모가 있는 집이지만 처음으로 집에 가고 싶었다.

밟고 건너왔던 돌들이 물에 잠겼다. 하나도 보이지 않았다. 봉출은 잠시 걸음을 멈추고 물의 깊이를 가늠했다. 아무래도 허벅지까지는 물에 잠길 것 같았다. 젖은 옷이지만 물에 잠기는 것은 싫어서 바지를 걷어 올렸다. 왼쪽 바짓가랑이를 걷어 올리고 얼굴을 들었는데 아래쪽에 하얀 무엇인가가 있었다. 새도 아니고 짐승도 아니었다. 새보다는 분명 크고 짐승보다는 작았다. 자세히 보니 머리가 까만 자그만 아이였다. 놀랍게도 조금 전에 본 새 무덤, 민 첨정의 외동딸이었다. 아버지의 무덤을 찾아왔다가 비를 만난 모양이었다.

함부로 아는 척할 수는 없었다. 권세가 조금 기울어졌지만 왕비를 배출한 부원군의 집안이었다. 천문관이었던 아비와 비교도 할 수 없었다. 그러나 냇물이 불어나는 지금 집안의 높고 낮음을 따질 때는 아니었다. 그런데도 딱 말문이 막혔다. 소녀와 눈이 마주치자 얼굴까지 붉어졌다.

봉출은 흐르는 빗물로 얼굴을 씻고 여자아이 쪽으로 걸음을 옮겼다. 여자아이는 눈을 반쯤 내리뜨고 몹시도 그를 경계하고 있었다. 봉출은 두어 걸음을 남겨 두고 크게 외쳤다.

"빨리 업히시오!"

비는 더 세차게 퍼부어 앞을 분간할 수도 없었다. 여자아이가 웅크렸던 몸을 폈다. 빗물이 얼굴을 타고 내리는데도 미동도 하지 않았다. 새침한 처녀 같은 분위기였지만 예닐곱 살도 안 된 아이였다. 히익, 산 쪽에서 비를 앞세운 바람이 휘몰아쳤다. 나뭇가지들이 부러질 듯이 휘어졌다. 비단 저고리와 치마가 온몸에 착 달라붙어 여자아이의 가느다란 몸을 남김없이 드러냈다. 소녀는 몸에 붙은 치마를 떼어낸다고 걸음을 멈추었다. 떼어내도 소용이 없었다. 물에 젖은 비단 치마가 다리를 칡넝쿨처럼 휘감았다. 허벅지 사이로 들어간 치마가 꼼짝도 하지 않았다. 치마를 입지 않은 것 같았다. 아주 망측한 모습이었다. 여자아이도 그 생각을 한 걸까. 앙 울음을 터뜨렸다. 이제 돌 지난 아이와 같은 목소리였다. 부친의 장례식 때도 입술을 깨물고 울음을 삼킨 영악한 아이였다. 소녀가 눈물을 닦는다고 손을 들자 저고리가 딸려 올라가 치마 말기가 드러났다. 손가락을 갖다 대기만 해도 툭 하고 끊어질 듯 가늘었다. 봉출은 발갛게 달아오른 얼굴을 감추기 위해 얼른 돌아서 등을 내밀었다.

"빨리 업히시오!"

여자아이는 신기하게도 눈물을 뚝 그치고 그의 등에 업혔다. 살이 파일 정도로 어깨를 꽉 잡았다. 심장 뛰는 소리가 얇은 비단 저고리를 통해 빠짐없이 들려왔다. 자신의 심장 뛰는 소리와 똑같아서 더 어지러웠다. 다섯 걸음이면 건널 내를 여덟 걸음이나 걸었다. 내를 다 건넜을 때도 여자아이는 아무 말이 없었다. 봉출도 내려놓기가 싫었다. 멀리 소녀의 집이 보였다. 내려달라고 했다.

비는 조금 가늘어졌고 바람도 잦아들었다. 치마도 다리에 휘감기지 않았다. 여자아이는 언제 아기처럼 울었냐는 듯 다 큰 처녀애로 변해 마을 쪽으로 걸어갔다. 마을 안길에서 소녀의 어머니가 달려오고 있었다. 그 모습을 본 여자아이가 걸음을 멈추고 고개를 숙인 채 말했다.

"오늘 큰 신세를 졌구나. 이름이 무엇이냐?"

"봉출이라 합니다."

"봉출이라, 목소리가 더 좋구나. 내 잊지 않겠다!"

민 첨정의 외동딸이 한양으로 떠난 뒤 더 자주 산에 올라갔다. 나무는 여전히 울창하고 열매는 빽빽했다. 민 첨정의 무덤에도 고운 떼가 앉았다. 이제 그 무덤을 돌보는 일은 이웃 마을에 사는 또 한 명의 첨정이 한다고 했다.

산에서 활쏘기를 하다 돌아보면 무덤 앞에 나이 어린 처녀가 있는 것 같기도 했다. 비바람이 몰아쳐 허벅지를 휘감은 검은색 비단 치마와 박속처럼 드러났던 보얀 겨드랑이를 떠올리며 얼굴을 붉혔다. 그 처녀가 앉아 있던 바위틈과 돌 위에 서면 가슴이 두근거렸다. 그날 이후로 물에 담긴 적이 없는데도 늘 두 다리가 후들거렸다.

봉출은 머리만큼 키가 더 자랐다. 발은 작은 나룻배를 꽉 채울 만큼 커졌다. 그런데 목소리만은 변하지 않았다. 남자인지 여자인지 구별할 수 없이 여전히 고왔다. 그때쯤 왕이 죽었다는 소식이 봉출의 마을에도 들렸다. 후사가 없이 죽었으니 나라의 뿌리가 뒤흔들릴 일이라고 했다. 늘 먹는 것밖에 모르는 계모조차 나라 걱정을 했다.

남쪽 경상도 지방에 달포 전부터 민란이 일어났다고 했다.

난군들이 가담하지 않은 사람들의 불알을 깐다고 했다. 그 말을 듣는 순간 갑자기 오줌이 마려웠다. 여주에서 난이 일어난다면 자신의 불알도 무사하지 않을 것이라는 생각을 했기 때문이었다.

다행히 봉출이 사는 곳엔 난이 일어나지 않았다. 몇 번 떠들썩하다가 가라앉은 모양이었다. 아버지의 말에 의하면 난도 뼈대 있는 곳에서는 일어나지 않는다고 했다.

"이곳은 왕후께서 태어나신 곳이 아니냐?"

아버지는 중요한 사실을 잊지 말라는 듯이 눈을 소리 없이 파닥거렸다. 여섯 살에 이곳을 떠난 아이가 십 년 뒤에 왕후가 되었다는 소식을 들었다. 그때 봉출은 사흘씩이나 아무 말도 하지 않았다. 그 여자아이가 왕후가 되었다는 게 도저히 믿기지 않았다. 지금도 마찬가지였다.

"아버님, 아랫마을에 살던 민 첨정 집 외동딸이 맞습니까?"

아버지는 돗자리를 짜다가 짜증을 내셨다.

"벌써 가는귀가 먹었냐. 몇 번을 이야기해야……. 그런데 니 놈 목소리는 왜 나이를 먹어도 그 모양이냐? 어린애처럼……."

봉출은 깜짝 놀라 입을 다물었다.

북소리를 기억하는 사람들

1

민 대감이 돌아가자마자 왕후는 화장을 담당하고 있는 한 나인을 찾았다. 김 상궁이 안색이 좋지 않다고 했다. 사실 머리가 깨질 듯 아팠다. 어제까지만 해도 위가 좋지 않아 전의를 하루에 한 번씩 불렀지만 사흘들이 푹푹 쑤시는 눈에 대해서는 아직 말하지 않았다. 그래도 이가 아프다 배가 아프다 소변보기가 힘들다며 전의를 바쁘게 했다. 내의원에선 왕후의 잦은 병치레에 이런저런 입방아를 찍었다. 팔십에 죽은 대왕대비만 못하다느니, 엄살이 너무 심하다느니 하는 말들이었다. 어떤 말이든 시간이 문제이지 꼭 왕후의 귀에까지 들어왔다. 듣기 좋은 말은 아니었다. 가장 듣기 싫은 말이 담뱃병이라는 것이었다. 그런 소문까지 들은 터여서 갑자기 쑤셔오는 앞머리에 대해서는 말하지 않았다. 안동 여인의 이야기를 들은 뒤부터였다. 이승과 저승의 경계가 엄연하거늘, 치마폭에 편지를 쓴 것도 놀라운데, 그곳 소식을 전해달라고……. 뼈가 시릴 정도로 절절한 그리움이었다. 왕후는 가을 거미처럼 까맣게 말라가는 몸뚱이가 새삼 서글펐다.

"왜 이리 늦느냐?"

왕후는 머리를 톡톡 치며 재촉을 했다. 김 상궁이 알아보겠노라며 몸을 돌리다가 말았다. 곧 세수방의 한 나인이 비단 수건과 잠자리 옷, 사각거울을 들고 나타났다.

"마마, 갑작스런 부름이라 조금 지체되었습니다."

한 나인이 먼저 실토를 했다. 기름처럼 번들거리고 수양버들처럼 낭창거리는 궁녀였다.

"서둘러라."

왕후는 짧게 일렀다. 한 나인이 짙은 화장 냄새를 풍기며 다가와 어깨까지 늘어진 긴 비녀를 뽑고 머리 위에 얹은 가체를 내렸다. 검고 윤이 반들반들한 가체를 내리자 아침에 염색한 머리가 가슴 앞에 늘어졌다. 그것만으로도 살 것 같았다. 휴, 숨을 내쉬자 한 나인이 얼굴에 끈적끈적한 기름을 발랐다. 그 기름이 두껍게 바른 분을 지워낸다고 했다. 이번에는 두 손가락에 비단 수건을 감아 이마에서부터 화장을 지웠다. 살굿빛의 화장이 묻어나오는 만큼 그보다 더 검은색의 얼굴이 드러났다. 눈가와 콧등의 주름, 성근 눈썹, 검은 기미까지, 왕후는 거울 속에 나타난 얼굴이 낯설어 눈을 감았다. 한 나인이 새 수건으로 한 번 더 얼굴을 닦아냈다. 얼굴이 화끈거렸다.

"그만 하거라."

왕후가 낮게 목소리를 깔고 말했다.

"황공하옵니다, 마마. 서양 분은 감쪽같기는 하나 지우기가⋯⋯."

한 나인이 변명을 했다. 왕후의 기미가 너무 심해 분을 두껍게 발라야 하고 그러다 보니 지우기가 힘들다는 것이었다. 화장을 하고 비녀를 꽂을 때마다 듣는 말이었다. 깨끗이 닦아내야만 다음 번 화장이 잘 듣는다는 말도 잊지 않고 덧붙였다. 모두 주상 전하와 조선 왕실을 위한 일이었다. 개항 이후로 화장을 하는 시간도 지우는 시간도 늘어났다. 머리와 옷은 갈수록 화려해졌다. 수시로 외국 공사관의 관리들과 조선을 방문한 외국인을 만나야 했다. 궁내부에선 그때마다 조선의 인상이 왕후에게 달렸다고 했다. 오직 그럴 때에만 왕후를 필요로 하는 것 같았다.

화장을 지운 한 나인이 세안수를 대령했다.

"조금 데웠습니다."

따뜻한 물이 얼굴에 닿자 뻑뻑했던 살갗이 조금씩 풀리는 것 같았다. 그 다음 순서는 왕후도 알았다. 이젠 율무 가루를 탄 꿀을 바를 차례였다.

"가을이라 그런지 얼굴이 많이 상하셨사옵니다."

김 상궁이 언제 왕후의 눈을 훔쳐보았는지 눈을 내리깐 채 말했다. 왕후는 김 상궁 옆에 있던 거울을 당겨 얼굴을 비춰보았다. 광대뼈 옆에 조그맣게 있던 기미가 코 쪽으로 빠르게 번

지고 있었다.

"김 상궁, 이 시커먼 것들이 왜 유독 얼굴에만 돋아나는 것이냐?"

"마마의 심신이 허약하여."

김 상궁의 말에 왕후는 눈살을 찌푸렸다.

"하나마나한 소리."

누군가 써놓은 자디잔 언문 글씨 같지 않냐는 말이 목구멍까지 올라왔다. 누구에게도 말할 수 없어 가슴에만 묻어두었던 말이 어느 순간 입이 아니라 얼굴에 거뭇거뭇한 글씨로 나타난 것 같아, 두려운 느낌마저 들었다.

"마마, 자리에 누우심이……."

한 나인이 노란 꿀을 한 수저 떠올리며 가까이 다가왔다. 갑자기 모든 게 참을 수 없이 귀찮았다.

"됐다."

왕후의 말에 한 나인이 움찔했다. 조그만 변화에도 자신의 언동을 되짚어보는 것이 궁녀들이었다.

"머리가 좀 아프구나. 물러가라."

한 나인이 그제야 편안한 얼굴로 비단 수건을 치우며 일어났다.

"마마, 내의원에 통기를……."

김 상궁이 왕후의 턱밑에 눈을 고정시키고 안색을 살피는 듯했다. 왕후는 그 눈길을 피해 돌아누웠다. 머리가 아픈 건 아니었다. 마음 한구석이 아려오면서 몸에 있던 힘이 마디마디 빠져나갔다. 멧돼지를 때려누일 듯이 씩씩했던 영국 여자가 생각났다. 석 달 넘게 배를 타고 온 사람은 그 늙은 여자가 아니라 자기 자신인 것 같았다. 그게 가당키나 한 일인지…….
왕후는 안동 여자의 이야기를 들었을 때도 똑같은 말을 한 사실이 떠올라 입을 다물었다.

"그럴 필요 없다. 자고 싶을 뿐이다."
왕후는 눈을 감은 채로 말했다.

"왕후 마마, 저녁 수라이옵니다."
김 상궁의 목소리에 눈을 떴다. 방 안에 촛불이 켜져 있었다.
"내가 한참 동안 잔 모양이다."
왕후는 삐쭉 튀어나온 머리를 만지며 물었다.
"하도 곤하게 침수 드신 터라, 수라를 돌려보냈습니다. 야심해져……. 죽을 대령했사옵니다. 두통은 어떠신지."
"괜찮다."
비가 개인 듯 머리가 맑았다. 온몸을 흔들던 안동 여자의 이야기도 이젠 책 속의 글자처럼 얌전했다. 그런데 입맛은 전혀 없었다. 죽이든 밥이든 한 숟가락도 먹기 싫었다. 그래도 숟가락을 들었다. 숟가락에 담긴 노란 녹두죽을 멍하니 바라보던 왕후가 물었다.
"그런데 몇 점이냐. 인정 소리를 못 들은 것 같은데……."

왕후는 주변을 돌아보며 물었다.

"초로 보아 유시는 된 듯하옵니다."

김 상궁은 침장 위에 놓인 이룡촛대를 보고 말했다. 인정 소리를 듣지 못했다 뿐이지 시각은 도처에서 확인할 수 있었다. 왕후는 맞다는 듯이 고개를 끄덕거리다가 눈을 반짝 뜨며 물었다.

"늙은 지리학자 말이다. 토끼굴에 가면 시간이 반대로 움직인다고 했지."

왕후가 숟가락을 든 채로 말했다. 윗목에서 작은 밥상의 죽 그릇 뚜껑을 열던 김 상궁의 손이 순간 멎었다.

"예전에는 있을 수 없는 일이라고 생각했는데……."

김 상궁이 소리 나게 침을 삼키고 말했다.

"마마, 그건 지금도 있을 수 없는 일이옵니다. 물처럼 흐르고 살처럼 날아가는 시간이 어떻게 반대로 움직이겠습니까?"

"글쎄, 나도 그렇게 생각했다니까. 이야기 속에서나 있는 줄 알았어. 이야기 속에서는 시간을 거슬러 가는 일이 자주 있지. 십 년이 한 줄일 때도 있고 하루가 여러 장일 때도 있고……. 김 상궁도 하루가 길 때도 있고 짧을 때가 있겠지. 서양에는 새보다 빠른 마차도 있다는데."

왕후는 숟가락을 아예 내리고 있었다.

"그러고 보면 시간은 반대로 흐르기도 하고 뒤엉키기도 하는 것 같아. 그러니까 전루군이 친 시간이 틀렸다는 사람도 있지. 참, 누각에 물이 아니라 바퀴로 가는 시계가 있다는군. 그렇게 되면."

왕후는 숟가락을 들다 말고 갑자기 무엇인가 생각났다는 듯 급박하게 김 상궁을 불렀다. 김 상궁은 대꾸할 말을 잃은 채 왕후를 바라보기만 했다.

"누각에서 올라온 소금 말일세. 그게 어디에 있을까. 내 어디서 들은 것 같기도 하고……."

"누각에서 올라온 소금 말씀이오니까?"

김 상궁의 목소리가 뜻밖이라는 듯 가늘게 떨렸다.

"그렇다니까."

언뜻 짜증을 냈다. 김 상궁을 향해서라기보다는 날 듯 말 듯한 기억 때문이었다.

"아, 생각났다. 낙선재에 있다고 한 것 같은데."

"지금도 그러하온 줄 아옵니다. 그런데 어인 일로……."

김 상궁이 낮게 엎드리며 물었다. 삼십 년 가까이 왕후를 모시고 있지만 감히 질문을 하는 건 예법에 어긋난 일이었다.

"물시계가 멎은 적이 있는가."

왕후는 김 상궁의 질문이 들리지도 않는다는 듯 멀뚱한 눈으로 물었다.

"소신이 듣기에는 없는 줄 아옵니다."

"그렇겠지. 임란 때도 호란 때도 누각이 사직을 따라 움직였으니 물시계가 멈추었을 리가 없지. 그런데 지금은 누각이 비었으니 물시계가 멈춘 게야."

왕후는 혼자 중얼거리다 몸을 앞으로 내밀었다. 검긴 하지만 여전히 푸석푸석한 머리채가 가슴 앞에 드리워졌다.

"김 상궁! 그 소금을 가져와 보게."

왕후의 말이 끝나자마자 김 상궁이 납작 엎드렸다.

"마마, 전례가 없던 일이옵니다. 아뢰옵기 송구하오나 모든 선대의 왕비마마처럼, 왕실의 예에 따라 왕후마마의 장례식 때 같이 부장하는 걸로 알고 있사옵니다."

"나도 알고 있는 일일세. 보고 다시 갖다놓으면 되지 않겠나. 그리고 내 듣기로 이 일은 내전의 일이라 들었으니 내각이나 대전의 주상께 고할 필요는 없네. 그래도 자네 말대로 전에 없던 일이니 다른 사람의 눈에 띄지 않는 것이 좋겠구먼. 그리고 이 상은 물리게."

왕후는 보기 드물게 김 상궁을 재촉하였다.

김 상궁을 낙선재에 보낸 후 왕후는 다시 자리에 누웠다. 휘잉, 초가을 바람치고는 센 바람이 지나갔다. 딱, 무엇인가 땅에 떨어지는 소리가 났다. 나뭇가지가 부러진 것 같기도 했다. 다시 쑤웅, 바람 소리가 들렸다. 끊임없이 소리가 났다. 도대체 저 소리들이 어디서 나는 것인지. 인정을 치지 않으니 소리조차 시간을 잃은 것 같았다. 촛불은 그대로인데 방 저쪽은 더 어두워진 것 같기도 했다. 왕후의 머리 안까지 어둠이 밀려왔다.

툭, 다시 무엇인가 떨어지는 소리가 나고 불꽃을 따라 방 안 이곳저곳이 어두워졌다 밝아졌다. 분명 같은 방인데, 다른 방인 듯 낯설었다. 왕후의 머릿속도 어두워졌다 밝아졌다. 열이 나는 것도 같았다. 왕후는 눈을 감았다. 이상하다. 감은 눈 속에 또 눈이 있다. 그 눈이 자신을 보고 있었다. 어디서 본 듯한 눈이었다. 옆으로 긴 검은 눈. 아, 깜빡 잊고 있던 누군가를 뜻밖으로 만난 듯 짧은 탄성이 새어나왔다. 방 안 왼쪽 구석에 노란 저고리에 남색 치마를 입은 소녀가 왕후를 빤히 보고 있었다. 분명 어디선가 본 듯한 얼굴이었다.

그때부터 거뭇거뭇 퍼져 있던 기미들이 뭉치고 흩어지며 글자로 혹은 말로 변해 이야기를 하기 시작했다. 물론 소녀의 이야기였다.

세상 사람들은 소녀를 생각하거나 볼 때마다 소녀가 아닌 다른 사람을 떠올렸다. 소녀의 아버지는 죽는 순간까지, 심장 가까이 앉아 있는 소녀의 손을 잡고서도 소녀가 아닌 다른 것을 떠올렸다. 아무도 입 밖에 내지는 않았지만 소녀는 그것이 무엇인지 잘 알고 있었다. 그러나 왜 그렇게 해야 하는지에 대해서는 이해를 할 수 없었다.

어른들은 똑같아. 왜 나만 보면 아들 생각을 할까.

소녀가 나이 든 사람처럼 탄식을 했다. 바느질을 하고 있던 어머니가 아야, 비명을 질렀다. 손이 찔린 모양이었다. 어머니는 손가락이 아니라 가슴이 찔린 것처럼 여섯 살 난 딸을 물끄러미 바라보았다. 아들이었으면 얼마나 좋을까 하는 생각을 그 순간에도 하고 있었던 것이다.

예닐곱 소녀가 사람들의 마음을 들여다볼 수 있게 된 것은 소녀가 특별한 재능을 가졌기 때문은 절대 아니었다. 사람들이 모두 소녀를 보고 소녀가 아닌 다른 것을 생각하기 때문이었다.

집 뒤엔 숙종대왕의 장인, 민유중의 집채만 한 무덤이 있고 오른쪽엔 처녀의 방보다 큰 거북이 목을 왼쪽으로 구부리고 있었다. 아버지는 거북이 세상을 떠받들 만큼 힘이 세고 잡귀와 나쁜 기운을 몰아낸다고 했지만 소녀는 어쩐지 무서웠다. 움직이지 않는 것 같지만 조금씩 눈에 안 띄게 다가와 어느 날 둔하지만 날카롭게 생긴 앞발로 소녀를 낚아채 두꺼운 등껍질 속에 감출 것 같았다. 소녀는 몰래 흙을 개어 거북의 눈을 가렸다.

종종 큰 갓을 쓴 어른들이 하인을 앞세우고 소녀의 집을 찾아왔다. 하인의 지게에는 흰 떡과 팔뚝만 한 생선과 소녀의 머리통만 한 과일들이 얹혀 있었다. 아침나절까지 신음소리를 내며 누워 있던 아버지는 꾀병처럼 일어나 분이 오른 듯 뽀얀 두루마기와 검은 갓을 쓰고 민유중 대감의 무덤으로 손님을 앞세웠다. 소녀가 본 아버지는 늘 무덤으로 가기 위해 사는 사람이었고 사실 그 무덤 덕분에 살기도 했다.

아버지가 돌아가셨을 때 소녀는 울지 않았다. 차마 울 수가 없었다. 아버지의 죽음 뒤에도 삶은 계속되는지, 계속된다면 어떤 모습일지 숨이 막혔다. 그제야 사람들은 눈물을 안으로 삼키고 있는 소녀를 유심히 보기 시작했다. 소녀는 흘러내린 치마를 말아 올리지도 않고 빈소 한구석에 가만히 서 있었다. 눈여겨보지 않으면 눈에 띄지도 않을 아이였다. 그러나 어쩌다 눈이 마주친 사람들은 끔찍 놀랐다. 분명히 아침저녁으로 몇 번씩 본 민 첨정의 외동딸이었는데 무척 낯설었다. 여섯 살이 아니라 열여섯 살 난 것 같기도 했다. 오늘 처음 본 것 같기도 했다. 왜 그렇게 보이는지 사람들은 알 수 없었다. 정 떼려는 거라고 나름 정리했다. 소녀는 곧 이 집을 떠나야 했다. 아녀자들은 묘막을 지킬 수 없기 때문이었다. 어쨌든 소녀가 그 집에서 더 이상 살 수 없게 되었을 때 소녀를 처음으로 발견한 것은 괴이한 일이었다.

앞서 걷던 늙은 노비, 치산이 걸음을 멈추었다. 여주읍의 나루에서 하루를 묵고 난 다음 배를 타고 강을 거슬러 올라 마포에서 또 하루를 묵고 그 다음 날부터 걷기 시작해서 꼭 사흘 만이었다. 여섯 살 난 여자아이가 걷기에는 험하고 긴 여행이었지만 아무도 소녀를 걱정하는 사람은 없었다. 소녀 역시 처음으로 읍내의 주막에서 잠을 자고 배를 타고 평생 처음으로 한성이라는 곳에 닿았지만 어머니의 손조차 잡지 않고 타

박타박 노비의 뒤를 따랐다. 늙은 노비도 한두 번 돌아보며 업히겠냐고 물었지만 그때마다 소녀는 머리를 좌우로 흔들었다. 낯선 곳을 걷는 것보다 누군가의 도움을 받는 일이 훨씬 낯설었다.

오래된 나무 앞에서 노비는 걸음을 멈추었다. 옹이가 불거져 나와 비틀어진 나무는 절반은 죽고 절반은 살았는지 한쪽으로만 가지가 늘어졌고, 가지 위에 긴 꼬리를 늘어뜨리고 있는 까치가 앉아 있었다. 그 까치만이 유일하게 낯설지 않았다.

"이제 다 왔습니다. 아기씨."

치산은 터벅터벅 걸어오는 여섯 살 난 여자아이에게 처음으로 고개를 숙였다. 양반집 행랑채에서 잔뼈가 굵은 노비에게 시골 서너 칸짜리 초가에 사는 양반은 양반도 아니었다. 더욱이 아비도 없는 여섯 살 난 여식과 그 어미는 아무리 양반이라 하지만 행랑 사는 자신들과 별 다를 게 없다고 생각했다. 그러던 노비가 자기도 모르게 고개를 숙였다. 사흘 동안 입술을 꽉 다물고 몰래 큰 숨을 들이쉬고 내쉬는 여섯 살난 소녀에게서 천한 것들은 차마 가질 수 없는 양반의 기질을 보았기 때문이다.

서른 칸이 넘는 안채와 사랑채가 마주 보고 그 밖에 행랑채가 있었다. 노비는 그 행랑채에 살며 안채와 사랑채를 살폈다. 안채의 마당 오른쪽에 조그만 쪽문이 있고 그 쪽문을 열면 별채가 있었다. 소녀와 그 어머니가 머물 곳이었다.

　문을 열고 방 안 이곳저곳을 살피던 어머니는 치산이 마당을 돌아 행랑으로 사라지자 방 안으로 들어가 다리를 뻗었다. 소녀는 먼지를 툭툭 털고 툇마루를 오르다 고개를 돌렸다. 서쪽 하늘에 풀무질을 한 듯이 빨간 해가 걸려 있었다. 여주에서도 몇 번이나 봤던 것인데 한성에서 본 해는 장대로 따도 될 만큼 훨씬 가까워져 있었다. 소녀는 슬며시 손을 내밀어 보았다.

　아무도 살지 않는다는 안채에서 들릴 듯 말 듯 소리가 나는 것 같았다. 웃음소리인지 울음소리인지 소녀는 구별할 수 없었다. 어머니는 바람 소리라고 했다. 고양이 소리라고도 했다. 어떤 땐 이웃집의 말 울음소리라고 했다. 소녀는 그 소리들은 아니라고 생각했다.

　어머니는 소녀와 달리 치산 내외의 이야기 소리는 잘 들었다. 그 집 셋째 딸이 고뿔에 걸렸다든가 어느 대감 집의 제사라든가 혹은 전 승지 집 아들이 과거에 합격했다는 것이었다. 어머니는 때로 그 사람들과 간간이 말을 주고받기도 했다. 몇 번이나 되풀이하는 말도 있었다. 예를 들면 혼사 같은 것이었다. 참판 댁 규수가 대감의 동생 집 아들에게 갔다든가 승지의 아들이 군수 집 규수와 날을 받았다는 따위였다. 어머니는 분명 다른 사람의 이야기라고 했지만 소녀가 듣기에는 모두 비슷해 보였다. 한 달 전에 들은 것과 일 년 전에 들은 이야기를 구분할 수 없었다. 대신 고양이와 바람 소리, 이웃집 대감 집의 말 울음소리들은 날마다 들렸다. 분명히 다른 소리인데도 어머니는 들을 때마다 그 소리가 그 소리들이라고 했다. 그리고 어느 순간부터 안채에 함부로 들어가지 말라고 했다. 사람들의 눈에 나는 행동을 했다가는 다시 여주로 쫓겨 갈지도 모를 일이었다. 이상하게 그 말은, 들을 때마다 그 문을 열어보라는 뜻으로 들렸다.

햇빛이 무척 좋은 날이었다. 어머니는 빨래를 이고 청계천에 갔다. 행랑에서 치산댁이 아이를 야단치고 있었다. 아주 날카롭고 큰 음성이었는데, 그 음성이 별채 마당에서 사라지는 것을 느꼈다. 쨍하는 순간이었다. 지푸라기가 바람에 날려 담을 넘듯이 얼음이 녹듯이 잎이 바람에 날려 그 형체가 사라지듯이 말들이 흔적도 없이 사라졌다. 그 말들이 사라질 때마다 무엇인가 금이 가는 소리가 들렸다. 햇빛이 바람이기라도 한 것처럼 햇빛에 몸이 뒤로 밀리기도 했다. 소녀가 안채 툇마루 쪽으로 이동했을 때 안채 문이 저절로 소리도 없이 열렸다. 소녀는 햇빛에 밀린 듯 안채로 들어갔다. 늘 그곳에서 들려오던 말이 누군가 귀에 대고 속삭이는 것처럼 들려왔다. 그 말들은 분명 또렷했는데 소녀는 무슨 말인지 알 수 없었다. 그 말들은 귀 안에서 뒤엉켜 윙윙거리기만 했다.

하늘을 덮을 듯한 시커먼 기와지붕이 아래위로 마주하고 있었다. 커다란 대청마루 좌우로 입을 꼭 다문 하얀 장지문이 늘어서 있었다. 셀 수 없을 정도로 똑같은 모양의 문이었다. 마주 보고 있는 사랑에도 똑같은 문들이 쭈욱 늘어서 있었다.

언제 열었는지 모를 정도의 문들이 한꺼번에 활짝 열릴 듯 했
다. 금방이라도 누군가 그 문을 열면서 문보다 더 하얀 버선코
를 내밀 것 같았다. 아니 그중의 누군가 벌써 안채 뒤의 나무
옆에 서 있는 것 같기도 했다. 다시 여주로 쫓겨 갈지도 모른
다는 어머니의 말이 떠올라 급히 별당으로 걸음을 뗐다. 별채
로 통하는 문 입구에서 소녀는 걸음을 멈추었다. 아무래도 무
엇인가 이상했다. 소녀가 발을 디딘 곳이 눈을 밟은 것처럼 파
여 있었다. 소녀가 아니라 누군가 지나간 발자국을 다시 밟은
것 같기도 했다. 그 발자국을 뒤돌아본 순간 아주 먼 곳에서,
둥 북소리가 났다.

2

　추(秋)는 무슨 소리라도 들은 듯 힐끔 뒤를 돌아다보았다.
벌써 세 번째였다. 장지문을 물들인 어둠이 더 짙어졌다. 책상
윗목에 놓인 서양초의 불꽃이 환해졌다. 책상 위엔 펼친 책들
이 수북이 쌓여 있었다. 먹물이 묻지 않은 왼손으로 귀를 만졌
다. 덩덩. 땅속에서 낮게 깔리는 인정 소리가 들리는 것 같았
다. 머릿속까지 어둠에 완전히 물들었다.
　시커멓게 먹물이 묻은 손가락을 내려다보다가 자리에서 일
어났다. 우두둑, 허리와 오금에서 뼈 소리가 났다. 뒷목이 뻐근

하면서 아려왔다. 더 일을 했다가는 곧 자리에 눕고 말 것이었다. 그는 협오당의 당직 별감에게 단단히 입직을 이르고 사무실을 나섰다.

영추문을 나서자 가마꾼 하나가 쪼르르 달려왔다. 북촌으로 가자고 말하기도 전에 가마꾼은 추(秋) 국장의 집을 안다는 듯이 동십자각 쪽으로 달아났다. 일을 할 때는 몰랐는데 가마에 오르니 사지가 녹아내리는 기분이었다. 머리 이곳저곳이 쑤시고 목 안도 따끔거렸다. 집에 가서 꿀물이라도 마셔야겠다, 추(秋)는 눈을 감았다.

가마꾼은 아주 빠른 걸음으로 동십자각을 지나 북촌의 골목으로 들어가고 있었다. 어두컴컴해서 조심스러울 듯도 한데 거침이 없었다. 걷어올린 바짓가랑이 아래로 드러난 정강이가 단단해 보이고 어깨가 딱 벌어진 게 스무 살쯤 되었을까. 병자년 강화도 조약 체결 후부터 집을 뛰쳐나와 개항장이나 한성을 기웃거리는 청년들이 부쩍 늘어났다. 그들 중 한 명일 가마꾼은 북촌의 외아문 북쪽, 민 대감의 집을 지나가고 있었다. 아침나절 의금사에서의 일이 생각나 저절로 목이 돌아갔다.

"저기 세우시게."

추(秋)는 골목 입구에 내려 백동화 두 닢을 건넸다. 가마꾼이 못 들어갈 것도 없지만 구불구불, 오르막길이어서 걷는 것이 더 빨랐다.

아래 위채로 된 작은 기와집이었다. 법부 국장이 된 이후 겨우 산 집이었다. 원래는 조금 더 넓은 앞집과 한집이었다고 한다. 노론의 한 세도가가 낙향하면서 판 집을 집장사가 둘로 나누었는데 그중 작은 집을 샀다. 그 집도 남산 밑 필동의 집이 오르지 않았다면 불가능했을 것이었다. 그곳에 일본인이 들어오면서 집값이 오르는 바람에 꿈에도 그리던 북촌으로 이사가 가능했다.

"단비야."

추(秋) 국장은 문을 열면서 열 살 된 딸아이의 이름을 불렀다. 두 살 아래였던 아들놈은 2년 전에 호열자에 걸려 죽었다. 오랫동안 빌고 빌어 얻은 아들이었는데, 그 이후 집안은 부쩍 적막했다.

"나으리 오십니다요."

찬모의 아들 도종이가 안방을 향해 고함을 지르자 혈색이 좋지 못한 아내가 그제야 안방 문을 열고 나왔다.

"아버지."

한 손에 책을 든 단비가 대청마루로 나와 인사를 했다. 아내가 그 책을 황급히 뺏어 감추었다. 추(秋) 국장은 언짢은 감정을 큰 기침으로 가리고 마루를 건너 안방으로 들어가 관복을 벗었다. 관복을 벗으니 머리카락 몇 올이 방바닥에 떨어졌다. 머리카락이 왜 이렇게 빠지지, 곧 양복을 입고 단발을 한다는데……. 그의 숨겨진 걱정거리였다.

그는 배추꼬리만 한 상투를 조심스럽게 매만지며 탕건을

쓰고 아내를 바라보았다. 저고리 고름이 축 늘어져 있었고 치마는 쭈글쭈글했다. 비녀에서 빠진 머리카락이 뺨 위로 흘러내렸고 손가락엔 먹물까지 묻어 있었다. 그렇게 못 하게 해도 아내는 또 언문 소설을 필사한 모양이었다. 꼿꼿하게 화가 치밀어 올랐다.

방에는 역시 세책가에서 빌린 책들이 몇 권 뒹굴었다. 추(秋)는 사랑으로 나가다 말고 그 책을 주워 올렸다. 『숙향전』이었다. 얼마나 많이 빌려봤으면 표지는 삼베로 싸고 책장마다 기름칠을 해놓았다. 공부를 이렇게 했으면 진작 과거에 붙었을 게야……. 속으로 혀를 차면서 책 표지를 넘겼다. 책 안 표지에는 별의별 욕이, '무식하게 욕을 하지 말라'는 당부를 깔아뭉개고 있었다. 가히 난장판이었다. 추(秋)는 더 볼 것도 없다는 듯이 책을 집어던졌다. 아내 옆에 선 딸아이가 비슷한 책을 들고 움찔했다.

"단비, 너 또 이딴 걸 보고 있느냐!"

추(秋)의 고함에 얼굴이 붉게 물든 단비가 입을 삐쭉거리더니 아내의 치마 뒤로 숨어버렸다.

"집에서 애는 가르치지 않고 뭐하는 거요?"

추(秋)는 아내를 나무랐다. 아이의 손에서 소설책을 뺏어들던 아내가 곁눈으로 힐끔 쳐다보았다. 검은 눈동자가 한쪽 구석으로 몰려가고 붉은 핏줄로 조각난 흰자위가 드러났다. 금방이라도 핏줄과 핏줄이 연결되어 눈 전부가 붉게 물들 것 같기도 하고 붉은 핏줄이 더 깊이 파고들어 흰자위가 조각조각 떨어져 내릴 것 같기도 했다. 그 순간이면 늘 이상하게 숨이 멎었다.

아내는 곧 눈을 내리깔고 안방을 나갔다. 저녁 밥상을 차리려 부엌으로 가는 모양이었다. 마루를 건너가는 아내의 걸음걸이가 조금 휘청거렸다.

"꿀물만 한 잔 주시구려."

추(秋)는 기둥을 짚고 마루 아래로 내려서는 아내의 뒷모습에 대고 말했다. 아내가 충분히 알아들을 수 있는 목소리였다. 그래도 아내는 아무 대꾸도 하지 않고 마루로 내려갔다. 아들을 잃은 후부터 아내는 말을 하지 않았다. 꼭 말을 해야 하는 순간이면 검은 눈동자를 한쪽으로 몰고 흰자위를 드러내며 힐끔 바라볼 뿐이었다.

"단비, 이리 오너라."

추(秋) 국장은 큰 숨을 내쉬고 두 팔을 벌리고 딸을 불렀다. 단비가 쭈뼛거리면서도 품에 와 안겼다. 보들보들한 살결에서 달착지근한 냄새가 났다. 죽은 아들놈의 땀내와 야물어가던 뼈가 떠올랐다. 이놈이 아들이었으면 얼마나 좋을까. 단비를 안을 때마다 느끼는 고통이었다. 팔에 힘이 들어갔던지 단비가 곧 품을 빠져나갔다. 팔이 허전해서 윗목에 놓여 있던 조그만 서탁을 끌어당겼다. 아내는 역시 언문 소설을 옮겨 쓰고 있었다.

아들이 죽은 뒤 아내는 넋이 빠진 듯 앉아 있다가 문득문득 울기도 했다. 자다가도 아들의 이름을 흐느껴 불렀다. 아내마저 어찌 될까 두려웠다. 그는 여전히 아침에 나갔다 저녁에 들어왔다. 긴긴 하루해에 울며 지낼 아내가 안쓰러워 세책가에서 언문 소설을 빌려다준 사람은 다름 아닌 자기 자신이었다. 처음에는 거들떠보지도 않던 아내가 조금씩 언문 소설을 읽는 것으로 해를 보내고 세책가에 들러 책을 빌려보는 것 같았다. 자제가 언문 소설에 빠지면 경사 공부를 게을리 하고 재상이 이를 일삼으면 묘당의 일을 보잘것없는 것으로 여기고 부녀자가 이를 일삼으면 길쌈하는 일을 끝내 폐지하게 된다고 했으나 마음이 상해 몸을 잃는 것보다는 낫다고만 생각했지, 이렇게 언문 소설에 빠져들 것이라고는 생각하지 못했다. 아내는 두어 달 전부터 세책가에서 빌린 책을 베끼기 시작했다. 빌리기도 귀찮다고 했지만 그 책을 가지고 싶거나 혹은 그 소설의 일부를 바꾸어서 세책가에 내다 파는 모양이었다. 그 허무맹랑하고 음탕한 것들을. 내 발등을 내가 찍은 거지, 추(秋)는 입술을 꽉 깨물었다.

아내가 유과와 꿀차를 내왔다.

"웬 거요?"

추(秋) 국장이 뚱한 목소리로 물었다. 단비의 손에도 유과가 들려 있었다. 보기만 해도 비싸 보였다.

"영상 댁에서……."

"영상이라니?"

하나 집으러 가다 말고 날카롭게 되물었다.

"동네 입구의 집안 동생이 보내왔기에……."

아내는 조금 질린 기색으로 대답했다.

"중추원 고문 자리도 괜찮은 모양이군. 이 비싼 게 다 있고……."

그는 유과 하나를 집어 올리며 빈정댔다.

"언니가 진고개에 갔다 왔다고……."

추(秋)는 고개를 끄덕였다. 대감이 영상 자리에서 모아둔 살림을 소실이 몇 년 만에 덜어먹는다는 소문을 들은 것도 같았다.

"다른 말은 없었소?"

추(秋) 국장은 유과를 깨물며 물었다. 역시 일본과자는 예쁘고 맛있었다.

"다른 말이라뇨?"

아내가 의아하다는 듯이 되물었다. 그는 없으면 됐다는 듯이 손을 저었다. 영상 자리에 있을 땐 어쩌다 마주쳐도 아는 척도 안 하던 못생기고 뚱뚱한 처형이었다. 무슨 꿍꿍이라도 있는 듯했다.

"세상에 공짜가 없다는 말 못 들으셨소?"

추(秋) 국장이 좀 전의 언짢은 감정까지 실어 차갑게 되물었다.

"그 댁에서 무슨 청탁질을……."

아내는 고개를 숙인 채로 대꾸했다. 아무리 세상이 바뀌었지만 영상대감 댁에서 법부 국장짜리에게 청탁할 일이 무엇 있겠냐는 소리였다. 딴은 그렇기도 하겠다 싶으면서도 꽥 고함을 질렀다.

"소설 나부랭이나 읽고 있으면서 무얼 안다고 그러시오? 그나저나 아침에 이른 대로 협판 댁에 물건은 보내었소?"

"도종이가 갔다 왔습니다."

아내는 깜빡 잊고 있었다는 듯 황망한 표정이었다.

"가서 보니 우리 집 선물이 제일 초라하더라고……."

"전복 말린 것이 초라하다니……. 다른 집에서는 뭘 가져왔더란 말이오?"

"홍삼도 있고 쇠고기 말린 것, 일본서 건너온 서양 술……."

그는 아내의 말을 듣다 말고 아직 뜨거운 꿀차를 꿀꺽 마시고 사랑으로 건너왔다. 협판도 아니고 협판 모친의 생일까지 챙겨야 하는 세상이 점점 힘에 부쳤다.

일을 재촉하는 듯 멀리서 개 짖는 소리가 들렸다. 법부대신은 올해 말까지 형률명례를 정리하라고 했다. 양반과 천민의 신분 제도가 없어지자 모든 법률을 다시 만들어야 했다. 대명률과 대전회통에 의거한 법률은 이제 소용이 없었다. 모든 유배형을 징역형으로 바꾸어야 했다. 그렇다면 전국에 징역소

를 설치해야 하고, 재판소를 두어야 하고, 재판소마다 관리
를…….

"나리, 밖에 손님이…….."

아내의 목소리에 눈을 떴다. 깜빡 잠이 든 모양이었다. 머리
에 썼던 탕건이 떨어져 있었다.

"영상 댁에서…….."

그는 몇 시간 전에 본 유과를 떠올리며 잠에서 덜 깬 목소리
로 비몽사몽 물었다. 아내는 가타부타 말이 없었다. 그런 모양
이군, 추(秋)는 반갑지 않은 손님이라 느릿느릿 일어나 탕건을
쓰고 문을 열었다. 장옷을 둘러쓴 여자가 댓돌 아래 머리를 숙
이고 있었다. 한눈에 보아도 여장한 남자였다.

"이런, 얼른 모시지 않고…….."

추(秋) 국장이 말을 끝내기도 전에 여자는 성큼 방으로 들
어왔다. 그는 자신의 것보다 훨씬 큰 가죽신을 마루 밑으로 감
추었다. 영상 댁 사람이 아니라 훈련대 대대장이었다.

아침나절 의금사에서 영감과 옥신각신하다 별감의 귓속말
을 듣고 갑자기 자리를 떠난 추(秋)였다. 훈련대 대대장이 찾
는다는 바람에 어쩔 수가 없었다. 일본 공사와 누구보다도 친
하다는 소문이 장안에 쫘악 퍼져 있는 사람이었다. 말만 들었
지 한 번도 본 적이 없어 마음이 더 급했다. 추(秋)는 허겁지겁
관아로 갔다. 문 앞에 엉덩이가 반질반질한 말과 군인 서너 명

이 서 있었다. 훈련대 대대장이면 꿀릴 게 없는데도 그는 모자를 고쳐 쓰고 잔기침을 해서 목을 가다듬었다. 그 소리를 듣고 사무실을 서성거리던 대대장이 돌아보았다. 딱 벌어진 어깨에 얼굴이 땅에 닿을 듯이 길었다. 대대장이 먼저 인사를 했다.

“바쁜 분을 급히 뵙자 해서 미안하오이다.”

“근데 무슨 일로…….”

너무 뜻밖이라 추(秋)는 앉으란 말도 빼먹고 대뜸 용건부터 물었다. 대대장 역시 그럴 참이었다는 듯 한 걸음 성큼 다가오더니 귀에 바싹대고 말했다.

“오늘 파루를 울린 전루군을 체포하란 명령이오.”

조용했지만 강압적인 말이라 눈이 저절로 동그랗게 커졌다.

“벌써 체포했소만.”

“그렇소이까? 내 그것도 모르고 부랴부랴……. 별도의 지시가 있을 때까지 의금사에 가두란 명령이오.”

그 말을 하자마자 허둥거리며 관아를 빠져나간 위인이었다.

“너무 자주 만나는 것 같소이다.”

대대장이 장옷을 벗으면서 말했다. 추(秋)는 이번에도 여장에 놀라 인사를 제대로 하지 못했다.

“사람 눈을 피한다고…….”

대대장은 여장에 대해 짧게 설명부터 했다. 추(秋)는 뭐든 좀 대접해야겠다는 생각으로 자꾸 바깥을 내다보았다. 저녁에 본 유과가 적당할 것 같았다.

"단비야, 엄마 이리 좀……."

"그럴 필요 없소이다. 몇 마디만 하고 곧 갈 거외다."

대대장이 팔을 내저으며 추(秋)를 말린 뒤 더 낮게 말을 이었다.

"영상 영감이 의금사에 나타났다고 들었소만."

추(秋) 국장은 그렇긴 하다는 듯이 천천히 머리를 끄덕였다. 이미 다 알고 온 듯해서 더 할 말도 없었다.

"내일도 올 게요. 와서 전루군을 풀어달라고 하면 풀어주시오."

"예?"

아침에 관아까지 찾아와 체포하라고 한 사람이 날이 바뀌기도 전에 풀어주라고 하니 영문을 알 수 없었다. 대대장도 아침 일을 떠올린 듯 단호한 어투로 대답했다.

"왕후께서 전 영상, 민 대감을 만나 부탁을 하셨다 하오. 그리고 은밀히 확인해주어야 할 일이 하나 있소이다."

"그게 무엇인지……."

추가 되묻기 전에 대대장이 한 걸음 다가와 낮게 말했다.

"누각 구석에 바퀴로 가는 시계가 있다 하오. 한번 찾아보시구료."

대대장은 정색을 하고 말했다.

"바퀴로 가는 시계라면 서양 시계이지 않소이까."

추가 되묻자 대대장은 고개만 몇 번 끄덕인 후 다시 장옷을 쓰고 있었다.

"따라 나오지 마시오. 남의 눈에 띄기 쉬우니까."

대대장은 명령하듯 말하고 마루로 내려섰다. 대문 옆에 있던 누군가 쫓아와서 마루 밑에 숨겨둔 신을 꺼내 대대장 앞에 놓았다.

추(秋)는 대대장이 대문 밖으로 사라진 뒤에도 한참 그 자리에 있었다. 미천한 전루군의 문제로 대대장이 여장까지 하고 찾아왔다는 게 심상치 않았다. 거기다 바퀴로 만들었다는 시계는 또 무엇인지. 추(秋)는 전루군 박봉출이 어떤 사람인지 그제야 궁금해졌다.

3

아버지는 눈이 완전히 어두워져 더 이상 글을 읽을 수 없을 때도 아침 일찍 일어나 책을 읽었다. 눈앞의 책을 읽는 것이 아니라 머리 안의 책을 읽는다고 했다. 책만 읽는 게 아니었다. 집 앞을 지나가는 발자국 소리만 들어도 기가 막히게 사람을 알아맞히고, 이마에 닿는 바람만으로도 옆집에 핀 꽃을 알아맞히고, 내일 올 비를 알아맞혔다. 그 소문이 돌자 한두 사람이 신수를 보러 왔고 또 몇 사람은 가족의 병을 치료해달라고 했다. 아버지는 못 들은 척 묵묵부답이었다. 그들은 땅이 꺼질 듯이 한숨을 내쉬었다. 그 소리까지 듣고도 모른 척할 수 없었던지 아버지가 어렵게 입을 열었다.

"도와주고는 싶네만 앞도 못 보는 사람이 어찌 귀신을 보겠나."

방문 하나를 사이에 두고 하는 말인데도 마을에서 가장 높은 납산 뒤에서 들려오는 듯했다. 눈앞에 있는 아버지 말고도 보이지 않는 곳에 다른 아버지가 있는 것 같기도 했다. 목소리는 갈수록 차가워졌다.

"아이고 봉사 나리, 어찌 그런 말씀을. 천 리를 내다보고 만 리를 돌아본다고 이미 소문이 났는데. 살림이 없어 많이는 못 드려도 힘껏 가져온 쌀입니다. 제 정성이 부족하다면 올 가실에 추수해서……."

그쯤에서 아버지는 방문을 열어젖혔다.

"어허, 그 사람 그 말이 아니래도. 그렇게 원이라면 내 한번 가봄세. 조금만 기다리시게."

아버지는 아주 잠깐 고개를 숙였다. 뒤에 걸린 도포와 오른쪽 벽에 걸린 갓을 느끼기 위해서였다. 육신의 눈이 아니라 마음의 눈으로 보는 시간, 나비가 꽃잎에 앉아 있는 것처럼 조용한 순간이었다. 그 순간이 끝나면 아버지는 곧 두루마기와 갓을 눈으로 본 것처럼 찾아 입었다. 마루 끝에 세워둔 지팡이와 섬돌에 놓인 신을 신을 때도 아버지는 몇 번 눈을 깜빡거릴 뿐이었다. 그때마다 섬광처럼 흰자위가 희번덕거렸지만.

"어째 저리 영험하실까. 눈 뜬 우리보다 더 잘 본다니까."

아버지를 모시러 온 아낙이 자식의 병을 잊고 호들갑을 떨었다.

"아무런들 마음으로 보는 것을 눈으로 보는 것과 비교하겠는가. 쓸데없는 말 말고 어서 가세."

아버지는 고개를 들고 마을길을 나섰다.

아버지가 갔다 온 뒤에 열이 내려 병이 나은 사람도 있고 죽은 사람도 있었다. 그때마다 사람들은 입에 침이 마르도록 아버지를 칭찬했지만 아버지는 담담하게 사람이 살고 죽는 것은 하늘의 일이지 사람의 일이 아니라고 했다.

춘분 다음 날 아침, 봉출은 아버지를 모시고 읍내 박 현감 집으로 가야 했다. 한 달 전부터 앓아누웠던 박 현감의 병이 점점 심해져 이제 식구들도 알아보지 못한다고 했다.

톡 톡 톡.

아버지는 지팡이로 땅을 짚었다. 조그만 돌부리 하나가 닿아도 아버지는 숨을 멈추었다. 아주 잠시, 눈을 몇 번 깜빡거린 후 다시 걷기 시작했다. 봉출은 아버지가 보고 있는 세상이 궁금했다. 길옆에 핀 꽃과 바람에 날리는 나뭇잎을 보고 있기는 한 것일까.

"아버지, 금방 지팡이에 부딪힌 것이 무엇인지 아십니까."

아버지는 그 말에 발밑에 혹은 지팡이에 무엇인가 부딪힌 것처럼 걸음을 멈추었다. 귀로 들은 것이 아니라 마음으로 봉출의 말을 들은 것 같았다. 그리고 아주 낯선 것과 마주친 것처럼 눈을 깜빡거렸다.

“나한테 중요한 것은 니가 눈으로 본 것이 아니라 내가 기억으로 본 것이다. 니가 눈으로 본 것을 생각하면 나는 아마 한 발짝도 걷지 못할 것이다.”

기억으로 본 것이라면 지나간 것이 아닌가. 그것으로 어떻게 지금 이 순간을 볼 수 있다는 말인가. 시시각각으로 변하는 것이 세상의 이치이거늘, 봉출은 아버지가 눈이 먼 것이 새삼스러워 물끄러미 보고 있었다.

“뭘 보고 있냐, 이눔아. 천지가 개벽하지 않는 한 세상의 변화는 능히 짐작할 수 있는 법이다.”

아버지는 아들의 마음을 듣기라도 한 것처럼 혀를 차며 나무랐다. 그러나 이상하게도 반대쪽을 보고 있었다. 봉출은 아버지가 보는 곳에 또 다른 자기가 있는 듯한 느낌이 들었다. 아버지가 목을 바로 하고 걷기 시작했다.

아버지를 청한 박 현감은 오래전에 고을의 현감을 지냈지만 안동김씨가 득세를 하고 난 다음에는 벼슬을 얻지 못했다. 그 울화 때문인지 앓아누운 지 몇 년이 되었다.

한 번도 가본 적은 없지만 그 집을 찾는 일은 어렵지 않았다. 동네 입구에 들어서자마자 위 아래채가 나란히 늘어선 기와집이 한눈에 들어왔다. 아버지도 그 집을 보았다는 듯이 박 현감 집의 골목으로 들어서고 있었다. 집 앞 골목 양쪽에 병자가 뱉어놓은 피가래 같은 붉은 흙이 한 줌씩 줄을 지어 있었다. 별채 담 너머로 처녀의 머리가 쑥 올라왔다 사라졌다. 남상이라고 소문이 난 박 현감의 딸인 것 같았다.

봉출이 처녀 때문에 머뭇거리는 사이에 아버지는 한 발 한 발 일정한 보폭으로 걸어 집 안으로 들어갔다. 통기를 받았는지 처녀의 어머니가 마중을 나왔다. 집 안에는 약 냄새가 진동을 했다.

"어서 오세요. 영감이 아침부터 기다리고 있었습니다."

안주인은 눈을 내리깔고 아버지에게 인사를 했다. 아버지는 평소보다 몇 배나 자주 지팡이를 톡톡 짚었다. 지팡이 끝을 통해 이 집의 뭔가를 알아내려는 듯 보였지만 긴장할 때의 버릇이었다.

아버지는 곧 박 현감이 누워 있는 사랑으로 안내되었고 봉출은 마루 끝에 앉아 있었다. 설핏 해가 서쪽으로 기울어졌지만 햇볕은 따뜻했다. 머리와 몸 안의 습기까지 까슬까슬하게 마르는 것 같았다. 땀구멍마다 들어온 햇빛 탓일까, 머리가 가벼운 듯하기도 하고 무거운 듯하기도 했다. 봉출은 벽에 머리를 기댔다. 방 안에서 아버지가 경 외우는 소리가 들렸다. 졸음이 쏟아졌다.

“가자!”

아버지의 말에 깜짝 놀라 일어났을 때 이미 해는 서쪽으로 한 뼘 기울어져 있었다. 봉출은 자신이 조는 모습을 이 집 사람, 특히 사내처럼 생겼다는 딸이 봤을지도 모른다는 생각에 얼굴이 붉어졌다. 봉출이 아버지의 뒤를 따라 그 집을 천천히 걸어 나오는데 안주인이 복채를 쥐어주었다. 다른 집보다 몇 배나 더 많은 돈이었다. 너무 많아서 받을 수가 없어 아버지를 찾았는데, 벌써 대문을 넘어서고 있었다. 아버진 이 집에 올 때와 똑같은 속도로 집을 향했다.

해가 거의 넘어갔을 무렵 집에 닿았다. 저녁 준비를 하다가 아버지를 본 계모가 쪼르르 달려왔다. 등 뒤에 업힌 복돌이가 엿을 먹고 있었다. 그놈은 한 번도 형에게 먹어보란 말을 하지 않았다. 봉출이 노려보자 겁은 나는지 계모에게 바짝 엎드렸다.

“뒷집 영감이 똑똑하다고…….”

계모는 아버지의 얼굴을 힐끔 쳐다보았다. 아버지는 손을 내밀어 복돌이의 머리를 쓰다듬었다. 복돌이는 엿이 아버지의 손에 닿을까 봐 뒤로 급히 감추었다.

“똑똑하다고……. 허허.”

“오늘도 책을 펴놓고 얼마나 열심히 공부를 하는지.”

계모가 그 틈을 타서 복돌이 자랑을 했다.

“공부를……. 그래야지. 지금은 비록 이 모양이지만 엄연한 양반집이고 너 형도 곧 박 현감네 딸과 결혼을 할 거고……."

"예?"

봉출은 너무 놀라 고함을 질렀다. 아버지는 그 소리를 듣고도 태연하게 말했다.

"결혼날은 다음 달 초이렛날이다."

아버지는 그 말만 하고 똑같은 걸음걸이로 걸어갔다. 봉출은 그 자리에 얼어붙은 듯 서서 한 마디도 할 수 없었다. 한 대 맞은 것처럼 코끝이 찡하고 말문이 막혔다.

"박 현감의 딸하고……."

끽, 계모는 봉출을 바라보고 웃었다. 계모가 아니라 다른 사람들도 그렇게 웃을 것 같았다. 장가들고 싶을 때도 있었지만 박 현감 집 딸하고는 절대 아니었다. 눈이 노랗고 어깨가 벌어진, 오랑캐 여자 같다고 소문이 자자했다. 아무리 눈이 멀어도 들리는 건 있을 텐데, 어떻게 박 현감의 딸하고 결혼을 하라고 하는지. 봉출은 쌩, 뒤로 돌아 밖으로 나갔다.

어디로 갈지 생각나는 곳이 없었는데, 발은 갈 곳을 알고 있다는 듯 망설이지 않고 강 쪽으로 난 길을 따라 내려갔다. 아직 배가 있을까, 있으면 어떻게 할까. 좀처럼 결심이 서지 않았다. 어둠보다 물색이 더 짙었다. 봉출은 사공이 보이지 않는 빈 배 옆에서 한숨을 내쉬었다. 뺑덕어멈 같은 계모에게 눈먼 아버지를 맡길 수는 없었다. 그렇다면 그 처녀와 결혼을 해야 하는 걸까. 휴, 큰 한숨을 내쉬었다. 너를 잊지 않겠다는 소녀의 말이 떠올랐다. 등으로 스며들던 가느다란 심장 소리, 뼈를 녹일 것 같던 부드러운 살, 왕후가 되었다는 소식을 들은 지 몇 년이 지났지만 잊히지 않았다. 감히 왕후를 마음에 품고 있다니. 사지를 갈가리 찢어 죽여도 시원찮을 죄인이었다.

'이 죄를 짓고 무슨······.'

봉출은 돌아섰다. 몇 걸음 앞에, 제정신이 아니라는 아랫마을의 처녀가 서 있었다. 우물에 빠진 친구의 혼을 덮어썼다는 말을 들은 것도 같았다.

쉿! 쉿!

정신 나간 처녀가 이상한 소리를 내며 봉출을 가로막았다. 손으로 뭔가를 쫓는 시늉을 몇 번 하더니 바싹 다가왔다. 봉출은 지독한 비린내에 고개를 돌렸다. 어느새 처녀는 몇 발자국 앞에 걸어가고 있었다.

"운명은 피할 수 없는 거다."

언제 들었는지 그 말이 귀 안에 남아 있었다.

초엿새 날 밤부터 가늘게 비가 왔다. 밤새도록 내려다보니 땅이 질퍽거렸다. 날이 새자 기럭아비와 배행꾼이 모여들었지만 혼인날의 벅적거림은 없었다. 봉출은 그들을 앞세우고 박 현감 집으로 향했다. 아버지를 모시고 갈 때는 길고도 길었던 길이 아득할 정도로 짧았다.

"좋은 날에 왜 자꾸 죽은 너 어머니 생각이 나는지 모르겠다."

외삼촌은 우는 대신 팽하고 코를 풀었다.

"눈먼 너 아부지를 어떻게 원망하겠냐. 두 눈 멀쩡한 네 계모님이 원망스럽지. 논 두 마지기에 눈이 멀어……."

외삼촌의 말에 봉출은 기어이 눈물을 흘렸다. 기럭아비가 신발에 붙은 흙을 턴다고 잠시 멈추었다. 눈이 노랗고 얼굴이 붉은 박 현감의 딸은 아들 가진 집이면 집안을 가리지 않고 꺼리는 며느릿감이었다. 그렇다고 상민에게는 딸을 줄 수 없었던 박 현감은 이런저런 생각 끝에 봉출을 선택한 것 같았다.

잠시 그쳤던 비가 다시 내렸다. 초례청 위에 천막을 쳐두었지만 천막을 받친 기둥이 바람에 흔들렸다. 사랑에 누워 있던 박 현감이 서두르라는 말을 전했다. 혼인을 시작하기도 전에 구경꾼이 절반 넘게 줄어들었다. 우산을 받고 입장하는 신부의 화장한 얼굴이 비로 얼룩이 졌다. 이마와 양볼에 찍은 연지곤지가 번져 신부를 더 흉하게 했다.

봉출은 사흘 뒤 신부를 데리고 집으로 왔다. 아버지의 눈이 멀었다는 사실 때문인지 아내는 눈에 띄게 뻣뻣했다. 큰절을 받은 아버지는 정확하게 신부의 치마폭에 대추와 밤을 던졌고 두 눈이 멀쩡한 계모가 던진 대추는 신부의 치마폭 앞에서 흩어졌다.

"쑥 쑥, 아들을 낳아라."

아버지의 말에 아내는 또렷하게 예라고 대답했다. 아내의 대답 소리는 당신 부모님의 말을 잘 들었냐고 다그치는 것 같았다. 처가에서 보내는 삼 일 동안 봉출은 단 한 번 아내와 관계를 했다. 그것도 아내가 봉출의 손을 자신의 가슴에 얹고 두 다리로 봉출의 아랫도리를 감쌌기 때문이었다. 아내는 입을 쫙 벌리고 봉출의 입술을 덮쳤다. 미끈거리고 냄새나는 침이 입술에 묻었다. 봉출은 겨우 아내를 밀쳐내고 입을 닦았다. 아내가 감싼 허벅지가 끈적끈적했다. 아내의 몸이 불덩어리 같았다. 아내는 꼭 귀신에 홀린 사람처럼 아아 소리를 지르며 봉출에게 다시 몸을 붙여왔다. 봉출의 몸속으로 스며들어올 것 같았다. 봉출이 아내의 다리를 풀자 이번에는 두 팔로 머리를 감싸 안았다. 아내의 커다란 가슴이 봉출의 얼굴을 덮쳤다. 숨을 쉴 수가 없었다. 자신의 물건이 막대기처럼 빳빳해지고 굳어진다는 걸 알았다.

다음 날부터 봉출은 배가 아프다고 엄살을 부렸다. 뜻밖에 물만 먹어도 설사가 났다. 장모가 근심스런 표정으로 신방 앞을 서성거릴수록 봉출은 반점에 한 번씩 뒷간을 들락거렸다. 아내는 그날 밤, 조금 떨어져 잤다. 다행이었다.

아버지에게서 아침 문안 인사를 하고 나온 신부는 옷을 갈아입고 부엌으로 나갔다. 아내보다 서너 살 더 먹은 계모의 입에서 카랑카랑한 잔소리가 벌써 들렸다. 매운 시집살이가 시작된 것이다. 그 생각을 하니 아내가 불쌍하기도 했다.

해가 납산 뒤로 지자 머리가 아팠다. 밤이 두려웠다. 봉출은 슬그머니 읍내의 술청으로 갔다. 술청은 왕후의 이야기로 시끄러웠다. 왕후의 원자 아기씨가 태어난 지 며칠 만에 돌아가셨다는 것이었다. 궁에 들어간 지 육 년 만에 낳은 아들이라고 했다. 봉출은 이를 앙다물고 눈물을 참고 있을 왕후를 떠올렸다. 불어난 냇물을 건너지 못해 쩔쩔매던 소녀적 왕후도 생각났다. 십 년도 더 지난 일인데 어제 일처럼 선명했다. 왕후는 지금도 그러고 있을 것만 같았다. 남아 있는 술을 단숨에 비우고 자리에서 일어났다. 읍내 술청의 담벼락에 강화의 진무영에서 포수를 모집한다는 방이 붙었다는 말을 들은 후였다.

4

(뒤에 나올) 한 점쟁이의 말처럼 우리는 다가오지 않은 시간뿐 아니라 지나간 시간과 현재에 대해서도 아는 게 별로 없을지도 모른다. 왕후는 김 상궁이 처소를 나서자마자 나인 한 명이 주상전의 대전별감에게 달려간 것을 알지 못했다. 주상이 왕위를 노리는 대원군(그는 아들의 왕위를 뺏어 장손에게 주고 싶어 했다)과 일본 공사와 함께 왕후를 감시한 것은 나라 안의 일을 모두 알고 싶어 한 천성이었지, 별 뜻은 없었는데 그날 밤 뜻밖의 보고를 받은 것이었다. 물론 그때쯤엔 왕후가 전 영상 민 대감을 불러 전루군을 석방하라고 명령을 내렸다는 소문이 궁 안에 쫙 퍼졌다. 그런 사실을 꿈에도 알지 못한 왕후

는 김 상궁이 아무도 몰래 낙선재에 갔다 올 거라고 믿었다.

"왕후마마, 왕세자 저하 납시었습니다."

한 나인의 음성이었다. 아까부터 팔걸이에 몸을 얹고 김 상궁을 기다리던 왕후가 깜짝 놀랐다.

"세자가 이 시각에……."

왕후는 오늘 처음 궁에 들어온 소녀처럼 허둥거렸다.

"좀 기다리시게 하고, 들어오너라."

왕후는 어깨까지 늘어진 머리를 말아 급한 대로 쪽을 쪘다. 아무리 아들이라 할지라도 지아비가 된 지 벌써 십 년이었다. 잠자리 옷차림으로 머리를 늘어뜨리고 만날 수는 없었다. 한 나인이 비녀와 당의를 챙기는 동안 재촉하는 듯한 세자의 기침 소리가 들려왔다. 왕후는 비녀를 꽂자마자 다급하게 일렀다.

"어서 드시게 해라."

장지문이 양쪽으로 끝까지 열리면서 세자가 들어섰다. 며칠 새 살이 더 붙은 듯 턱이 두툼했다.

"어마마마께 잠시 아뢸 말씀이……."

무릎을 꿇고 절을 하던 세자가 숨을 몰아쉬고 말을 멈추었다. 몸이 불어 절을 하기도 쉽지 않았다. 거처를 서양식으로 바꾼 후 부쩍 심해졌다. 서양식 이부자리와 의자에서 생활을 했고 음식도 밥보다는 과자나 우유, 커피를 많이 마신다고 했다. 서양의 과자는 조금만 먹어도 몸에 좋아 살이 찐다고 한 것 같았다.

“이 밤에 무슨⋯⋯.”

왕후는 자세를 고쳐 앉으며 물었다. 부부 사이에 무슨 일이 있나 안색부터 살폈다. 결혼한 지 십 년이 되었지만 생산을 하지 못해 애를 태우고 있었다. 그 모든 책임이 세자에게 있다는 말을 들은 이후로 세자비는 아예 세자의 얼굴을 보려 하지 않는다는 말도 들렸다. 그 생각이 들자마자 머리 뒤쪽이 뾰족한 것으로 쑤시는 것처럼 따끔거렸다. 후사를 보지 못하면 세자의 자리도 안심할 수 없었다. 후궁 소생 왕자들이 한 둘이 아니었다. 장성한 장조카도 있고.

“오늘 물러난 영상 영감을 뵈었다고 들었습니다만⋯⋯.”

덩치에 비해 목소리가 너무 가늘었다. 수염이 나지 않은 얼굴 역시 혼례 때와 별 다름이 없었다. 그런데 이렇게 따지듯이 대드는 일은 처음이라, 왕후는 조금 어리둥절했다. 더욱이 야심한 밤이 아닌가.

“그렇긴 합니다만⋯⋯.”

왕후는 말끝을 흐렸다.

“이미 물러난 분을 건청궁으로 불렀다고 말이 많다고 하옵니다. 소자 걱정되어⋯⋯.”

말은 그렇게 했지만 목소리에 조금 뻣뻣한 노기가 서렸다. 저렇게 속에 든 것을 훤히 보여서야, 주상께서는 저 나이에 표정 하나 변하지 않고 부친인 대원군 대감을 내치셨는데⋯⋯.

어쨌든 세자로서 충분히 할 수 있는 말이라고 생각했다.

"다른 일이야 있을 리 있겠소? 단지 파루 시간 때문에 불렀소. 잠귀야 잠 없는 노인들이 더 밝지 않겠소. 사사로이는 세자의 외숙이시고 해서……."

며칠 만에 본 세자인지, 이 구석 저 구석 숨어 있던 말들이 앞다투어 나오려고 해 입 안이 간질간질했다. 토끼굴 이야기까지 목구멍을 간질이는 걸, 겨우 입을 다물었다. 세자가 못마땅한 듯 입술을 깨물고 있었다.

"그 말씀은 늙은 대감의 잠귀로 나라의 시각을 정할 수 있다는 뜻이옵니까. 궁 안의 일과 궁 밖의 일을 구별해야 한다고 한 지 벌써 일 년이옵니다. 외숙이라고 해도 무시로 궁으로 부를 수는 없는 일이옵니다."

세자의 손끝이 부르르 떨렸다. 왕후는 팔받침에 기대 있던 몸을 바싹 일으켰다. 손을 폈다 오므렸다. 당황할 때마다 생기는 왕후의 오래된 버릇이었다. 입 안에 가득했던 말들이 순식간에 사라졌다.

"내 어찌 그걸 잊겠소. 혹시 그 일로 무슨……."

왕후의 목소리 끝이 떨렸다. 궁 밖의 일에 나서지 않는 것이 주상과 세자를 도우는 길이라는 말을 몇 번이나 들은 터였다. 그런데 그 일이 국정간섭이라니……. 왕후는 입 안 가득한 침을 삼켰다.

"물시계도 믿을 수 없다고 난리인데 사람의 몸으로 시간을 안다 하시니…….”

세자는 늙지도 않은 왕후가 답답하다는 듯이 한숨을 내쉬었다.

“오백 년 사직과 함께한 물시계이옵니다. 어찌 그런 말씀을……. 하긴 누각 안에 바퀴시계가 있다고도 합니다만 그렇게 되면…….”

왕후는 문득 입을 다물었다. 누각에서 소금이 난다는 것을 세자는 아직 모를 것이었다.

“바퀴로 만든 시계라 하셨사옵니까. 혹시 그 시계와 무슨 관련이라도…….”

세자가 황망한 얼굴로 날카롭게 물었다.

“그럴 리가 있겠소. 내 단지 궁 밖의 일과 궁 안의 일을 구별하기가 쉬운 일이 아니어서……. 어떻게 그 일을 무 자르듯이 간단히…….”

“일본 쇼켄 황후가 좋은 예가 될 듯하옵니다만.”

왕후가 천천히 하는 말을 견딜 수 없다는 듯이 세자가 불쑥 말했다.

왕후의 얼굴이 확 달아올랐다. 손을 꽉 쥐었다. 문명개화 시대의 덕을 갖추었다고 소문난 일본의 왕후였다. 개혁당이나 일본 고문관들이 입만 열면 본보기로 삼으라고 들먹이는 사람이었다. 며칠 전엔 내의원에서도 일본의 왕후는 담배를 피우지 않아 건강하다는 말을 들었다. 그런데 이제 세자까지. 내가 무슨 일을 했다고, 사사건건……. 코끝이 시리면서 눈물이 날 것 같았다. 설움이 목구멍 끝까지 치밀었다. 눈물을 보였다간 또 무슨 말을 들을지 알 수 없었다. 눈물 대신 몸 깊숙이 숨어 있던 말이 먼저 튀어나왔다.

"그렇소이까. 세자, 그렇다면 나도 한 가지 궁금한 게 있는데……."

왕후는 코를 훌쩍이며 말했다.

"세자가 아니라 아들이라 생각하고. 그러면 궁 안의 일이 되지요."

왕후는 말을 꺼내고도 계속 할까 말까 망설였다. 최소한 갑신년 이후 십여 년 동안 가슴에 묻어둔 것이었다. 대부분의 질문들은 스스로 풀리거나 사라지기도 하는데 이 질문은 사라지지도 풀리지도 않고 더 가지를 뻗치고 올라와 목구멍을 메울 때가 많았다. 그렇지만 가슴에 묻어두었던 것을 이렇게 말로 해도 되는 것인지 판단이 서지 않았다. 그 망설임을 눈치 챘는지, 세자가 곧 일어설 기미를 보였다. 왕후는 급하게 말을 이었다.

"쇼켄 황후 역시 현모양처의 귀감이라고 하시니……. 개화 세상이 되면 될수록 여자들은 더욱더 집 안으로, 그러니까 여사서나 내훈의 가르침이 더 강해지는 것 같아서……. 원래 개화라는 게 그런가 하고……. 아마도 내가 잘 몰라서……."

왕후는 말을 꺼내긴 했지만 어떻게 마무리를 해야 할지 알 수 없어 쩔쩔맸다. 세자의 낯빛이 표나게 굳어지는 것도 마무리를 힘들게 하는 이유 중의 하나였다.

"어마마마, 참 답답하십니다. 여사서나 내훈의 가르침이 뭐가 어떻다고. 그것은 천 년이고 만 년이고 부녀자가 갖추어야 할 덕목이 아니옵니까? 다른 사람이 들을까 봐 두렵사옵니다. 소자는 못 들은 것으로 하겠사옵니다. 그리고 바퀴시계 이야기는 차후 입 밖에 내지 마옵소서. 어마마마께서 관여하실 일이 아니옵니다."

세자는 벌떡 일어나 인사를 하는 둥 마는 둥했다.

"왕후마마."

왕후는 눈을 떴다. 벌떡 일어나 문 밖으로 나가는 세자를 보고 있던 그대로였다.

"마마, 다녀왔나이다."

누각의 소금을 가지러 갔던 김 상궁의 숨 가쁜 목소리였다.

왕후는 듣고도 대답을 하지 않았다. 파루의 시각뿐 아니라 누각의 소금을 가져온 것이 궁 안의 일인지 궁 밖의 일인지 잘 분간이 가지 않았다. 궁 밖의 일이면 또 국정간섭이라고 할 터인데.

"왕후마마, 소신 돌아왔나이다."

아까보다 조금 더 큰 목소리였다. 왕후는 김 상궁을 가로막고 있는 미닫이문을 뚫어지게 바라보았다. 촛불의 그림자가 큰 나뭇가지의 그림자처럼 문을 덮고 있었다.

"왕후마마, 김 상궁이옵……."

"들어오너라."

왕후의 목소리가 갈래갈래 갈라졌다.

"잠이 드셨사옵니까?"

김 상궁이 여전히 가쁜 숨을 몰아쉬며 물었다.

"그런 모양이다."

왕후는 서둘러 변명을 했다. 갈라졌던 목소리가 이번에는 꽉 막혔다. 김 상궁은 깜짝 놀라 왕후의 얼굴을 바라보았다. 촛불의 그림자에 덮인 왕후의 두 볼에 덮인 기미가 넓고 짙었다. 입술의 잔주름도 더 깊이 팬 듯했다.

김 상궁이 붉은 비단 보자기를 풀어 밥공기만 한 옥단지를 내밀었다. 왕후는 그렇게 재촉하고도 그 사실을 잊은 듯 멀거니 바라보았다.

"낙선재를 지키는 상궁의 말로는 이런 일이 처음이라, 받아 오기가 수월하지 않았사옵니다."

김 상궁은 왕후가 너무 오래 기다려 심기가 상하신 것 아닌가, 변명했다. 왕후는 들은 척 만 척 소금 단지를 반쯤 보고 반쯤 보지 않았다.

"생각보다 작구나."

마지못해 한 마디 한다는 듯 떨떠름한 표정이었지만 작은 게 백 번 다행이다 싶었다.

“소신도 처음입니다. 돌아가신 대비마마, 왕대비마마, 대왕대비마마의 소금 단지는 대비마마, 왕대비마마, 대왕대비 마마께서 돌아가셨을 때나 낙선재 밖으로 나왔다 하옵니다.”

김 상궁은 지금이라도 소금 단지를 낙선재에 갖다놓아야 된다고 말하고 싶은 눈치였다. 왕후도 그래야겠다는 듯이 고개를 끄덕이며 살짝 단지의 뚜껑을 열어보았다. 진짜 쌀알보다 작은 소금이 그 안에 들어 있었다. 그중 한 알을 들어 불빛에 비추어 보았다.

“마마, 낙선재 상궁의 말로는 이제껏 그 소금 단지를 내어간 왕후께서는 단 한 명도 없다 하옵니다. 혹시 내각에서 아는 날엔……”

김 상궁이 다시 납작 엎드렸다. 왕후는 도로 갖다놓기에는 너무 야심한 밤이라고 생각했다.

“개혁으로 눈코 뜰 새 없는 내각이 소금 단지 하나 내간 걸 어떻게 알겠느냐. 그렇게 마음이 편하지 않다면 내일 갖다놓으면 될 일, 그때 낙선재 상궁을 찾아가 한 번 더 입조심을 부탁하거라. 그런데 말이다. 이것은 물이 남긴 것이냐. 시간이 남긴 것이냐.”

갑작스런 질문에 김 상궁은 답을 찾지 못하고 고개를 살짝 들었다.

“그건 관상감이나 전루군에 하문하심이……. 그러하온데 오늘 밤 그 소금은 어떻게 하실 생각이신지. 소첩의 처소에 보관

하는 것이……."

김 상궁이 눈을 살짝 들어 소금 단지를 바라보았다.

"걱정할 것 없다. 물러가 쉬어라."

왕후의 말을 듣고도 김 상궁은 할 말이 있다는 듯 머뭇거렸다. 안 들어도 뻔한 말이라서 왕후는 모르는 척했다. 또 폐위를 주장하는 무리들이 있을까 봐 두렵사옵니다, 일 것이다.

왕후도 역시 마음속으로 중얼거렸다.

'내 감고당에서 어린 시절을 보냈다. 폐비가 되신 인현왕비께서 기거하시던 곳이 아니냐. 누구보다도 그 아픔을 잘 알고 있다.'

말이 아니라 생각을 주고받은 셈이었다. 오랫동안 곁을 지키다 보면 종종 그럴 때가 있었다. 김 상궁이 그 말을 들었다는 듯이 한 번 더 납작 엎드리다 밖으로 나갔다.

왕후는 텅 빈 감고당을 지키던 아비 없는 계집아이였다. 말은 거는 사람은 없었지만 늘 말소리가 들려왔다. 가장 이야기를 많이 하는 사람은 백 년 전에 죽은 인현왕비였다. 그녀의 목소리는 감고당 구석구석에서 들려왔다. 목소리는 여러 가지였다. 앙칼질 때도 있었고 무너질 듯 흐느낄 때도 있었다. 소름이 끼칠 정도로 원망에 차 있기도 했다. 한밤중에도 들려왔고 아침에도 들려왔다.

감나무 잎이 다 떨어진 뒷담 아래서 왕비는 뭔가를 기다리는 듯 목이 뻣뻣할 정도로 대문을 보고 있었다. 누구를 기다리느냐는 계집아이의 말 없는 질문에 왕비는 대궐에서 올 소식을 기다린다고 했다. 곧이어 숨죽인 울음소리가 들렸다. 분명히 울음소리인데도 피냄새가 느껴졌다. 시뻘건 진홍의 피를 본 것 같기도 했는데 어느 순간 왕비마저도 보이지 않았다. 왕비가 거처하던 쪽문으로 들어섰다. 마당가에 선 나무에서 새 울음소리가 들렸다. 까마귀인지 까치인지 알 수 없었다. 그 새 울음소리를 왕비의 울음소리로 착각을 한 것 같기도 했다. 나이가 들어 처녀가 되어도 마찬가지였다.

처녀는 안채 마당으로 내려섰다. 왕비는 어느새 가늘고 흰 목을 빼 대문 밖을 보고 있었다. 왕비의 눈은 마을 입구로 이어지는 큰길을 벗어나는 법이 없었다. 긴 한숨 소리가 들려왔다. 기다림에 지친 모습이었다.

처녀는 간간이 왕비가 섰던 자리에서 대문을 보고 있었다. 등짐을 지고 큰 갓을 쓴 재동 숙부와 양자가 된 승호 오라버니가 아랫것에게 짐 꾸러미를 들리고 감고당으로 들어오고 있었다. 열다섯 살 된 주상의 왕비 간택령이 내려진 다음 날이었다.

처녀는 승호 오라버니를 앞세우고 대궐로 향했다. 창덕궁의 정문인 돈화문 앞은 도성과 지방에서 올라온 처녀들로 북새통을 이루었다. 민씨 처녀는 손으로 이마를 가리고 돈화문을 바라보았다.

"오라버니, 대궐은 얼마나 넓사옵니까."

새 주상의 외숙이 된 승호 오라버니는 얼마 전에 평생 처음으로 벼슬자리를 받았다고 했다.

"그걸 우리 같은 사람이 어떻게 알겠느냐. 일 년 전에 벼슬자리를 얻어 대궐에 몇 번 들렀는데 발부리만 보고 걸어, 어디가 어디인지 알 수가 없었다."

오라버니의 말에 처녀는 배시시 웃었다. 새 한 마리가 대궐 쪽으로 무리 지어 날아갔다. 하늘은 높고 맑았다. 금방이라도 꽃들이 싹을 틔울 것 같은 날씨였다. 대궐 안이 어떤지는 몰라도 이렇게 밖에 나온 것만 해도 즐거운 일이었다. 많은 사람들이 처녀를 보고 김 대감 집 따님이냐고 했다. 승호 오라버니는 아니올시다라는 말을 연발했다. 처녀는 자신이 입은 치마저고리와 타고 온 가마가 돈화문 밖에 모인 어느 처녀보다 화려하고 큰 사실이 조금 의아하기는 했다.

그날은 궁궐에서 자고 다음 날 간택을 한다고 했다. 집에서 데리고 온 몸종도 돌려보내고 서너 명이 한방에 기거를 했다. 조금 소란스럽다 싶으면 손을 저고리 아래에 감춘 상궁이 나타나 목소리를 낮게 깔고 꾸중을 했다.

"지엄하신 대궐 안이오. 입을 다물고 조용히 하시오."

입을 꾹 다물었던 처녀들은 상궁이 돌아가면 다시 재잘거렸다.

분은 발라도 되고 성적(成赤)은 금한다고 했다. 그런데도 처녀들은 몰래 감추어둔 화장품으로 성적을 했다. 민씨 처녀는 일찌감치 몸단장을 마치고 김천에서 왔다는 어린 처녀의 머리 손질을 도와주었다. 가마를 타고 배를 타고 또 가마를 타고 왔다는 경상도의 처녀는 꼭 왕비가 되고 싶다고 속마음을 털어놓아 방 안을 웃음바다로 만들었다. 상궁이 걸음 소리도 내지 않고 다시 나타났다. 또 야단을 맞겠구나, 생각했는데 다들 밖으로 나오라고 했다. 처녀들이 앞다투어 방을 빠져나왔다.

아주 커다란 방이었다. 방 끝에서 보면 끝이 잘 보이지 않았고 기둥 근처에는 늘 꾸중하던 상궁보다 더 매섭게 생긴 궁녀들이 입술을 꽉 다물고 서 있었다. 얼굴은 회칠을 한 것처럼 하얗고 입술은 붉었다. 처녀들이 방 안에 줄지어 앉자 반대편 문으로 대비, 왕대비, 대왕대비가 들어오셨다.

"나라의 제일 큰 어른들이시오. 한 명씩 호명을 할 때마다 앞으로 나와 큰절을 올리고 질문에 또록또록하게 대답 올려야 하오."

상궁은 입도 벌리지 않은 것 같은데 아주 큰 목소리를 냈다.

이름을 불린 처녀가 대비의 앞까지 걸어가는데 그 거리가 백 보였다. 대비들은 걸음걸이를 쏘아보듯이 지켜보았다.

"전 첨정 민치구의 여식……"

드디어 처녀의 차례였다. 마음을 크게 먹자고 다짐하고 천천히 일어났음에도 갑자기 일어난 것처럼 머리가 핑 돌았다. 한 걸음 한 걸음 내디딜 때마다 다리가 흔들렸다. 아버지의 산소에 갔다가 물이 불어 건너지 못한 냇가에 선 기분이었다. 발밑에서 잠시도 눈을 뗄 수 없었다. 큰 기둥 앞에 붉은 비단 방석이 놓여 있었다. 큰절을 올리는 곳이었다. 세 분 대비들의 시선이 바늘처럼 전신을 찔렀다. 두 손을 이마 위에 올리는데 귓속이 먹먹했다.

"대궐이 어떻더냐?"

누군가 물었다. 대왕대비인지 왕대비인지 대비인지 알 수 없었다. 누가 한 질문이건 어젯밤에 들었던 예상 질문이 아니었다. 대궐이 어떻다니? 커다란 돌멩이가 들어찬 듯 머리가 무거웠다.

"두려워 고개를 들지 못해, 보지를 못했사옵니다."

"고개를 들지 못했다고……."

대비 중 한 분이 처녀의 말을 받아 되물었다.

"그러하옵니다."

민씨 처녀는 그 모습을 보여주기라도 한 것처럼 발부리에 눈을 두었다.

으음.

마른기침 소리가 났다. 대비인지 왕대비인지 대왕대비인지 알 수 없었다. 아마도 다음 처녀를 부르라는 신호인 것 같았다.

사흘 뒤에 6인교가 와서 처녀를 태웠다. 무예별감이 둘이나 따라왔으니 승호 오라버니도 할 일이 없었다. 초간택과 달리

방이 하나씩 주어지고 몸종까지 한 명 붙었다. 며칠 뒤 내전에 모여 차를 한 잔 마시는 것이 재간택의 전부라고 했다. 5첩 이상의 밥상을 받아야 했고 잘 때에도 명주로 된 잠자리 옷을 입어야 했고 바깥 사람과 함부로 이야기를 할 수도 없었다. 몸에 익지 않아 불편하다고만 생각했는데 소란스럽고 비루하기만 한 세상을 떠난 듯해서 무척 마음에 들었다. 마음에 들다니, 처녀는 순간적으로 자신의 생각에 놀라 당황했다. 다음 날 김씨 조씨 유씨 서씨 처녀와 함께 대비전으로 불려갔다. 대비와 왕대비가 김씨였고 대왕대비가 조씨였다. 그리고 명문가인 유씨와 서씨가 있었다. 그 처녀들과 같이 재간택을 받는다는 것만으로도 너무 높이 올라온 듯했다.

대비와 왕대비는 김씨 처녀를 가까이 했고 대왕대비는 조씨 처녀를 반가워했다. 서씨나 유씨의 여식에게는 명문 가문에 대한 예를 갖추었다. 민씨 처녀는 구석에 있었다. 아무리 생각해도 자신이 끼일 자리가 아닌 것 같았다. 인삼차가 쓰기만 했다. 대왕대비가 찻잔을 들다 말고 턱을 내밀고 물었다.

"민 규수는 한문글자를 아오?"

가슴이 너무 깊이 내려앉아 두근거리지도 않았다.

"조금 할 줄 아옵니다. 돌아가신 아버님께 심심파적으로 배웠습니다."

처녀의 얼굴이 붉게 물들었다. 한문은 남성들의 세계였고 그걸 배우는 것은 여자들이 할 일이 아니었다.

"조금 아는 것도 곧 잊어야 할 게요. 궁궐 내명부의 글자는 언문이오. 언문으로 글을 쓰면 대소 관료들이 한문으로 옮겨 적는다오. 내명부는 기록을 남겨서는 안 되오. 혜경궁 한씨의 한중록 이후 그것은 더욱 엄격히 금지되어 있소. 우리가 남길 수 있는 흔적은 누각의 소금뿐이외다."

"예에……."

대답은 했지만 대왕대비의 말이 너무 엉뚱해서 말뜻을 알아들을 수 없었다. 누각의 소금이 여자가 남길 수 있는 기록의 전부라니.

5

서쪽 하늘에 발갛게 달구어진 쇠 같은 해가 떠 있다. 누군가 탕탕, 고루 망치질을 한 것처럼 아주 동그랗다. 집게로 집어다 찬물에 빠뜨리면 양동이 바닥까지 자지러지게 흔들릴 것 같았다. 그 생각을 한 순간 붉은 해가 영감의 몸속으로 들어올 것처럼 온몸이 자글자글 끓었다. 이마에 식은땀이 번져가고 바람이 휙 소리를 내고 머리 안을 스쳐 지나가는 것 같았다. 어지럽고 메슥거렸다. 영감은 왼손으로 이마를 짚었다. 이제 영추문에서 건청궁까지 갔다 오는 것도 힘에 부치는 모양이라고 생각했다. 관모 밑으로 흘러나온 땀을 닦은 뒤 걸음을 뗐다.

이상했다. 삼십 년 넘게 드나든 궁궐인데 갑자기 길을 잃어버린 느낌이다. 발갛게 번져가는 노을에 정신이 아득하다. 지나왔던 것과 다가올 먼 미래의 시간이 갑자기 헷갈린다. 영감은 눈이 침침해서 그렇다는 듯이 눈을 한 번 비볐다. 비비고 나서 보아도 하늘은 똑같았다. 마치 낯선 곳에 들어온 것처럼 어지럽다. 다리가 후들거렸다.

'칠십 나이를 헛먹은 건 아니구나.'

영감은 손등을 덮은 검버섯을 내려보며 중얼거렸다.

'죽을 때가 지나긴 했지. 주상이 등극하기 전부터 궁을 드나들었으니까. 사십 년 세월이 어디로 갔는지……'

영감은 잠이 깬 새벽에 하게 되는 생각을 붉은 놀을 바라보며 하고 있었다. 이제 당신도 그러하냐고 물을 친구가 없다는 사실이 뼈저리게 서러웠다. 영상 자리까지 올랐지만 찾아오는 사람도 없었다. 권력이란 무상한 것이었다. 그런 줄 알면서도 그것을 받아들이지 못해 고통스러웠다. 영의정 자리에 있을 때 죽는 것이 백 번 나았을 것 같기도 했다.

등 뒤에서 사람의 목소리가 들렸다. 누구를 부르는 소리인지 알 수가 없으나 자신은 아니라고 생각했다. 영감은 다시 서너 걸음 떼기 시작했다.

"고문 영감!"

바로 옆까지 걸어온 사람은 예조참판, 지금은 학부대신이란 자였다. 왜군이 경복궁을 점령한 작년 갑오왜변 때 참판에서 대신으로 승진한 사람이었다. 아직도 영감은 그 학부라는 명칭에 익숙하지 않았다. 이름을 바꾸거나 새로 만든다 해서 개혁이 되는 것인지 영감은 늘 못마땅했다. 그런데 이자가 나를 보고 무엇이라고 불렀나. 영감은 학부대신을 빤히 바라보았다.

"무얼 그리 골똘히 생각하십니까?"

영감은 그제야 자신이 영상이 아니고 중추원의 고문이란 걸 알았다. 고려 때의 중추원과는 달리 내각의 자문기관이라고 하는데 들어도 뭐하는 기관인지 영감은 알 수 없었다.

"법부의 국장에게 들으니 누각의 전루군이 의금사에 구속되어 있다고."

학부대신은 영감의 눈치를 요모조모 살피며 대수롭지 않게 말했다.

'내가 의금사에 갔다 온 것도 알고 있으면서 반만 이야기하는 꼼수하고는.'

으흠, 영감은 잔기침으로 불쾌함을 표시했다.

"그랬소이다. 내 명색 이 나라 관상감의 영사였던 터라 가만 있을 수 없어 참례를 했소이다. 들리는 말로는 왜인이 문제를 제기했다고 들었소만, 어찌 조선의 시간을 왜인이 문제 삼을 수 있단 말인지. 대감께서 시시비비를 명확히 가려야 할 듯하오이다."

영감은 왜인들을 드러내놓고 비난했다. 학부대신은 그 말에는 대답을 않고 갑자기 생각났다는 듯이 눈을 화들짝 떴다.

"고문 영감께서 왕후 마마의 부르심을 받았다고 들었습니다만……."

영감은 모골이 송연했다. 아무리 실핏줄처럼 왜인과 그 일당 수하들이 깔려 있다고 듣긴 했지만 그곳을 빠져나온 지 얼마나 지났다고, 몇십 년간 왕후를 지키고 있는 늙은 상궁들조차 의심스러웠다.

"허어 참. 학부라는 곳이 그런 일까지 하는 줄은 몰랐소. 왕후께서는 전루군이 친 시각이 맞으니 그자를 석방시켜 누각을 지키라고 하셨소이다."

영감은 더 숨길 필요가 없다고 생각하고 왕후의 말을 그대로 전했다. 학부대신의 얼굴이 표나게 굳어졌다. 비아냥 때문인지 왕후의 명령 때문인지는 알 수가 없었다. 둘 중 어떤 것이든 당황한 얼굴을 보니 기분이 괜찮았다.

"누각의 일은 궁내부의 소관이 아니라 학부의 소관이거늘, 어찌 왕후께서……. 모범을 보여야 할 왕후마마께서 이렇게 법을 어기면……."

왕후께서 법을 어기셨다고? 뜨거운 것을 삼킨 듯 영감의 온몸이 화끈거렸다. 전루군의 문제가 왕후의 국정 간섭으로 옮겨갈 조짐이었다. 영감은 사래라도 들린 듯 연거푸 기침을 했다. 얼굴이 발갛게 물이 들었다.

"뭐 그리까지 생각할 게 있소이까. 운양의 소식을 알고 싶다고 노신을 부르셨소. 운양은 알다시피 양손이긴 하나 민문의 유일한 손이 아니오. 그런 자가 청에 들어간 지 수년째 소식이 없으니……. 답답한 마음에 새벽까지 잠을 이루지 못하고 계시다가…….”

기침을 그쳤는데도 얼굴은 계속 붉었다. 조카뻘 되는 서출에게 변명을 하는 것이 부끄러웠다.

“운양은 언제 귀국할 예정입니까?”

대신은 예상대로 민영익에게 관심을 보였다. 왕후와 내각 그리고 내각에 반대하는 사람들까지도 운양의 귀국을 기다렸다. 주상만이 예외였다. 몇 년 전 청의 감국 대신과 주상의 폐위 문제를 의논했다는 것이 그 이유였다. 어쩔 수 없어 듣고만 있었다 해도 소용없었다.

“아직…….”

영감은 짧게 대답했다. 학부대신은 고개를 끄덕이며 그대로 서 있었다. 영감은 잔기침을 하고 학부대신을 지나쳤다. 바람조차도 차가워진 것 같았다. 기침이 서너 번 더 터져 나왔다. 영추문 밖에서 영감을 기다리던 옥석이 목을 빼고 영감을 돌아보는데도 영감의 걸음은 자꾸 늦어졌다.

“영감마님, 어디 들르실 작정이시오니까?”

옥석이 물었다. 누군가를 만나야 할 것 같기는 한데 만날 사람이 없었다. 영감은 억지로 큰 기침을 한 번 더 하고 대답했다.

"아니다. 집으로 가자."

영감의 집은 북촌의 외아문을 지나 두 번째 집이었다. 서쪽으로 난 바깥 대문을 통해 사랑으로 바로 갈 수 있도록 되어 있었다. 한단 석축을 쌓아올린 사당은 남쪽을 보고 있었다. 아침부터 저녁까지 늘 햇빛을 받아 환한 사당이었다. 그 음덕으로 영감의 관운이 창창하다고 했다. 시세의 서너 배를 주겠다고 나서는 자가 한둘이 아니었다. 그런데 김홍집 내각이 들어서고 영감이 사직하니 빈말이라도 그런 말을 하는 사람이 없었다. 그 사람들뿐 아니었다. 예쁜 데라곤 한 군데도 없는 같잖은 소실까지도 영감을 귀찮아했다. 소실은 동무들과 어울려 진고개에 들러 박래품 살 줄만 알았지, 등 한 번 시원하게 긁어준 적이 없었다. 어깨와 다리를 주무르는 일은 부탁을 해야 마지못해 했다. 그것도 시늉만 하다 팔이 아파 못 하겠다고 엄살을 부렸다. 다시 말하지만, 한 군데도 예쁜 데가 없었다. 얼굴은 검고 거칠고 눈은 작았다. 입술은 두껍고 목은 굵고, 목소리도 거칠었다. 자수에도 바느질에도 재주가 없었다. 영감의 소실이 아니었다면 꼼짝없이 처녀로 늙거나 끼니 걱정해야 하는 몰락한 양반집 자제에게 논이나 서너 마지기 들고 가야 할 판이었다. 사실 영감은 그 점 때문에 그녀를 소실로 맞이했다. 야들야들한 처녀에게 혼과 넋을 빼앗길까 염려했기 때문이었다. 영감은 예상대로 소실에 빠져 입방아에 오른 일은 없었지만, 적적했다. 죽은 부인 생각이 간절했다.

저녁상을 물리고 나면 젊은 소실은 손으로 입을 가리지도 않고 보라는 듯이 하품을 했다. 옆에 다가가기라도 했다가는 물어뜯을 듯이 앙살을 부릴 것이었다. 영감은 느릿느릿 일어나 안방을 나섰다. 잠이 와서 정신을 못 차리겠다는 듯 연신 하품을 하던 소실이 암고양이처럼 가늘게 눈을 떴다. 젊은 것들은 나이가 들면 등 뒤에도 눈이 있다는 것을 모르는 모양이었다.

등과(登科) 이후 수십 년간 사람의 발길이 끊이질 않던 사랑에 사람의 발길이 뚝 끊겼다. 문중의 대소사를 의논하러 왔던 사람들은 일어서기가 바빴다. 이젠 소실의 눈치를 받아가며 사랑에 머물 이유가 없다는 걸 아는 모양이었다. 늘 영감을 따라 사랑으로 건너온 옥석이 담배를 채워 불을 붙여주었다. 옥석의 아비, 할아비도 영감 집의 노비였다. 옥석의 아버지 명보가 영감의 동무 겸 시동이었다면 옥석은 아들 같은 시동이었다. 작년 노비제가 폐지된 후 집안에 있던 십여 명의 노비들이 속량을 빌미로 세경을 요구할 때도 주인을 먼저 챙기는 자식 같은 놈이었다.

'저놈마저 없었으면 어쩔 뻔했을까.'

영감은 이때마다 드는 처량한 생각을 담배로 달랬다. 느는 게 담배였다. 먹을 갈던 옥석이 힐끔 뒤를 돌아보며 중얼거렸다.

"인정 칠 때가 된 것 같은데……."

영감은 못 들은 척 또 담배 부리를 물었다.

'대신이란 자들이 죄다 왜놈 눈치나 보고…….'

혼자 중얼거리던 영감은 옥석이 놀라서 쳐다볼 정도로 담뱃대로 화로를 내리쳤다. 답답하고 화가 났다. 그 소리에 화답이라도 하는 듯 쿵 대포 소리가 들렸다. 왜군들이 알리는 인정 소리였다.

"걸핏하면 대포질이니……. 그런데 저놈들은 이미 몇십 년 전부터 바퀴로 시간을 잰다고 했던가."

영감은 담뱃대를 놓고 붓을 잡으며 중얼거렸다.

영상 자리에서 물러난 이후로 영감은 책을 쓰고 있었다. 관직에 있을 땐 벼르고 벼르던 일이었는데 닥치고 보니 눈이 침침하고 글자도 잘 보이지 않고 몇 시간 동안 글을 쓸 손목의 힘도 없었다. 막상 글을 쓰려고 하면 익히 알고 있다고 생각한 것도 자신이 없어 서책을 찾아야 하는 게 번거롭기 짝이 없었다. 몇 가지 책을 뒤져 겨우 정리한 것도 마음에 들지 않아 또 몇 번이나 찢거나 지웠다. 그렇게 고생해서 얻은 것들도 남에게 보일 정도도 아니어서 영감은 겨우 산고(散考)라고 이름 붙였다.

영감이 그렇게 애를 쓰면서 책을 쓰는 이유는 딱 한 가지였다. 개항 후 청국과 왜에서 들어온 책들이 도대체 마음에 들지 않았기 때문이었다. 서양 것이 최고고 우리 것은 버려야 한다

고 했다. 이러다가 조선의 것은 하나도 남아 있지 않을 것 같
았다. 영감은 그 생각을 한 날부터 조선의 것을 기록하고 싶었
다. 요즈음은 1일 수양법을 정리하고 있었다. 어제 진시에 이
어 오시를 정리할 차례였다.

'오시에는 선향 한 자루를 피우고 일정한 곳을 맴돌아 기
와 신을 안정시키고 소탕을 든다. 배가 고픈 뒤에 식사하되
배부르지 않아서 그만두며, 차는 입 안을 먼저 씻어낸 뒤에
마신다.'

"대감 나으리, 대전별감이옵니다요."

옥석의 목소리에 영감은 깜짝 놀랐다. 대전별감일 리가 없
었다. 영상 자리에서 물러난 게 언젠데, 주상께서 사람을 보냈
을 리가 없었다. 나이가 드니 귀조차 옛날에 들었던 소리를 또
듣는 것 같았다. 영감은 다시 오시에 해야 할 일을 정리하고
있었다.

'식사 후에 약간 걸으며……'

"영감마님."

옥석의 목소리가 분명했다.

"무슨 일이냐?"

영감이 느리게 바깥쪽으로 몸을 기울이며 말했다.

"대전별감이옵니다."

영감은 들고 있던 붓을 떨어뜨렸다. 대전별감이 아니었다.
내관의 장(長) 상선(上善)이었다. 검은 두루마기에 작은 갓을

쓴 그는 날렵하게 방으로 들어와 고개를 숙였다.

"영감 안녕하신지 하문하시더이다."

상선은 인사를 전하고 두루마기 소매에서 작은 주머니를 꺼냈다.

"은전이옵니다. 주상께서 전하라 하셨사옵니다."

영감은 납작 엎드려 그 주머니를 받았다.

"어제 왕후마마의 분부를 속히 받자옵시라고……."

상선은 입술을 움직이지 않고 빠르게 말했다. 영감은 말뜻을 단번에 알아들었다. 주상은 바위 같은 사람이었다. 잘 움직이지 않았다. 갓 친정(親政)을 한 이십대나 마흔이 넘은 지금이나 마찬가지였다. 주상이 조금 움직이면 어느 쪽에선가 큰 바람이 불었고 누군가 혹독한 시련을 겪었다. 대원군 대감일 때도 있었고 왕후일 때도 있었다.

왕후는 미국과 노서아 사람들과 잘 어울렸다. 미국이나 노서아 사람들이 왜를 무시하는 것을 듣기 좋아한다고 했다. 특히 손탁이라고 하는 노서아 여자를 가까이하고 그녀에게 유다른 친절을 베풀었다. 노서아 사람들은 진심인지 아니면 왕후의 가려운 곳을 긁어준다는 의미에서인지, 왜의 부당함과 야만스러움을 자주 지적했다. 그 말은 궁궐을 넘어 왜 공사관에 바로 전달되었다. 새로 부임한 일본 공사는 그 모든 말을 듣고 가만히 있기만 했다. 주상은 그 사실을 알면서도 가만히 있었다. 그런데 이제 와서 왕이 움직인 것이다.

상선이 돌아간 뒤에도 영감은 그 자리에 앉아 있었다. 벼루
의 먹물이 말라들어 붓끝조차 적실 수 없었다. 한 시각 넘게
생각했지만 왕후의 뜻을 받들어 전루군을 석방시키라는 주상
의 마음을 알 수 없었다. 단순히 누각의 문제만은 아닐 것이었
다. 다른 무엇인가 있는 게 분명했다.

'왕후를 통해 주상의 존재를 드러낸다, 왕후를 통해 왜의 개
혁에 제동을 건다, 왕후를 통해……'

영감은 큰 소리로 옥석을 불러 요강을 대령하라고 일렀다.
이미 반 넘게 옷을 적신 후였다.

정영선

1997년 문예중앙으로 등단. 소설집 『평행의 아름다움』, 장편소설 『실로 만든 달』『물의 시간』『부끄러움들』『물컹하고 쫀득한 두려움』등을 집필했다. 부산소설문학상, 부산작가상, 봉생문화상(문학)을 수상하였으며, 2013~2014년 교육부 파견교사로 경기도 안성의 하나원(북한이탈주민 정착지원사무소)내 청소년 학교에서 근무하였다.

:: 산지니·해피북미디어가 펴낸 큰글씨책 ::

삼겹살(전2권) 정형남 장편소설
1980(전2권) 노재열 장편소설
물의 시간(전2권) 정영선 장편소설
나는 나(전2권) 가네코 후미코 옥중수기
토스쿠(전2권) 정광모 장편소설 *2016 세종도서 문학나눔 선정도서
가을의 유머 박정선 장편소설
붉은 등, 닫힌 문, 출구 없음(전2권) 김비 장편소설
편지 정태규 창작집 *2015 세종도서 문학나눔 선정도서
진경산수 정형남 소설집
노루뜸 정형남 소설집
유마도(전2권) 강남주 장편소설
레드 아일랜드(전2권) 김유철 장편소설
화염의 탑(전2권) 후루카와 가오루 지음 | 조정민 옮김
감꽃 떨어질 때(전2권) 정형남 장편소설 *2014 세종도서 문학나눔 선정도서
칼춤(전2권) 김춘복 장편소설
목화-소설 문익점(전2권) 표성흠 장편소설 *2014 세종도서 문학나눔 선정도서
번개와 천둥(전2권) 이규정 장편소설 *2015 부산문화재단 우수도서
밤의 눈(전2권) 조갑상 장편소설 *제28회 만해문학상 수상작
사할린(전5권) 이규정 현장취재 장편소설
테하차피의 달 조갑상 소설집 *2011 이주홍문학상 수상도서
모녀5세대 이기숙 지음
무위능력 김종목 시조집 *2016 부산문화재단 올해의 문학 선정도서
금정산을 보냈다 최영철 시집 *2015 원북원부산 선정도서

효 사상과 불교 도웅스님 지음
지역에서 행복하게 출판하기 강수걸 외 지음
재미있는 사찰이야기 한정갑 지음
귀농, 참 좋다 장병윤 지음
당당한 안녕-죽음을 배우다 이기숙 지음
한 권으로 읽는 중국문화 *2010 문화체육관광부 우수학술도서
차의 책 The Book of Tea 오카쿠라 텐신 지음 | 정천구 옮김
불교(佛敎)와 마음 황정원 지음
논어, 그 일상의 정치(전5권)
중용, 어울림의 길(전3권)
맹자, 시대를 찌르다(전5권)
한비자, 난세의 통치학(전5권)
대학, 정치를 배우다(전4권)